LE MYSTÈRE DE KAMA

Les plus ferventes se prosternent et s'anéantissent en de mystiques adorations
(Page 5.)

JANE DE LA VAUDÈRE

LE MYSTÈRE

DE KAMA

Illustrations de CH. ATAMIAN

PARIS

ERNEST FLAMMARION, ÉDITEUR

26, RUE RACINE, 26

PREMIÈRE PARTIE

I

VIAMALAH

Bénarès, la cité sainte. Au temple de Dourga, les grands singes gris à barbe blanche gambadent d'une colonne à l'autre, se jettent des fleurs et des épluchures, puis vont se mirer dans l'étang sacré que protège l'image de la déesse. Dans les galeries latérales, soutenues par des piliers monolithes rouges ou bleus, errent indolemment les vaches vouées au culte. Des ornements de verroteries entourent leur cou puissant, et leurs cornes sont argentées sous des liens de roses.

A l'intérieur, devant les idoles d'or, étincelantes dans la clarté convergente des lampes, des femmes indoues, spectres silencieux, déposent des parfums, des fruits, du miel et des fleurs de mhowa ; les plus ferventes se prosternent et s'anéantissent en de mystiques adorations.

— Matou-Mahli, partons ? dit l'une d'elles, en se relevant, je suis sans courage, les dieux m'abandonnent !

— Pourquoi, Fleur de Comète, cher Sourire ?... L'influence de Bischeschwar ne peut point encore se manifester.

— Siva est contre moi.

— O Viamalah ! prions encore.

Viamalah secoue la tête, et ses cheveux noirs se dénouent, roulent sur ses hanches graciles, baisent la conque ambrée de ses talons. Vue de face, c'est une enfant aux membres fins, aux formes un peu indécises mais infiniment harmonieuses. Son visage allongé est d'une gravité singulière, ses yeux profonds, passionnés, tristes, doux et tendres se voilent de longues paupières frangées de soie, sa bouche est ardente et menue comme un piment musqué, ses narines minces frémissent ainsi que des pétales de jasmin sous la rafale.

— Prions ! répète la suivante, en serrant autour de la taille souple de Viamalah le langouti de gaze bleue brochée de pampres d'or dont les pans retombent

devant entre les jambes. L'étoffe est légère, mais les joyaux sont lourds, et la jeune fille en est couverte de la tête aux pieds comme une idole frêle et magnifique. Des cabochons de saphir s'agrafent à ses épaules et sur ses cuisses ; ses seins montrent leurs coupelles délicates dont la pointe supporte une étoile d'escarboucles. Un triple rang de perles descend jusqu'à sa ceinture, faite d'une épaisse lame d'or repliée sous une fibule de diamants.

Les prêtres dorment sur les marches du temple ; l'ombre des dieux s'allonge sur le sol, accusant la menace de leurs attitudes ; les aromates dégagent en brûlant des vapeurs suffocantes qui montent sous la voûte sacrée et les oiseaux enchaînés battent fébrilement des ailes.

Viamalah, de nouveau, s'est prosternée, les bras étendus, les talons réunis, puis elle a baisé la table de cuivre, devant l'idole, y a placé trois amandes en triangle et a compté scrupuleusement des grains de corail rose dont le rituel lui a déterminé le nombre et la place. Les femmes, après elle, ont offert du café, du safran, de l'alun et du riz, des baies pourpres qu'elles ont disposées de façon à former des figures mystérieuses, en psalmodiant à l'unisson une mélopée qui se traîne et se meut sur une note aiguë — paroles d'adoration ou de maléfice. — Les plus riches ont le nez et les oreilles surchargées de pendeloques, les bras de bracelets de verre et d'argent, les orteils rougis et parés comme les doigts des mains de bagues à chatons glauques. La confidente de Viamalah se tient auprès d'elle et la soutient. C'est une grande fille au teint brun, aux traits accusés, aux larges yeux métalliques comme ceux des félins ; une étoffe de couleur vive bariolée de jaune descend jusqu'à ses chevilles, un bandeau orné de plaques brillantes lui étreint le front et des boutons de péridot traversent ses narines.

— Fleur de Comète, il faut rentrer.

— Oui, le fiancé va venir... C'est l'heure.

Viamalah, appuyée à l'épaule de Matou, a quitté le temple de Siva (ou Bischeschwar, dieu du poison). Matou-Mahli guide ses pas mal assurés dans un dédale de ruelles étranglées et obscures. Elles sont si préoccupées qu'elles ne s'arrêtent même pas devant les bazars qui se présentent, les uns en saillie, les autres en retrait, avec, parfois, à l'étalage, des étoffes précieuses et des joyaux. Ceux-ci ont des portes massives qui dérobent aux regards les trésors de l'intérieur, ceux-là ont des fenêtres ouvragées comme des dentelles de papier qui enserrent coquettement les bouquets de pierreries en éventaire. Dans les boutiques, ouvertes à tous les vents, des hommes accroupis font tourner, entre leurs doigts bruns, des mousselines légères filigranées d'or, des étoffes de soie lamées de couleurs vives et des gazes d'une infinie délicatesse. Les tissus de Dacca, particulièrement, sont si ténus qu'une pièce entière peut passer dans une bague. La toile arachnéenne n'est visible que plusieurs fois repliée sur elle-même et les Bengalis, dans leur langage imagé, l'appellent « rosée de la nuit ». Une pièce de cent aunes vaut environ un demi-lac de roupies, soit cent vingt-cinq mille francs. Il y a là, aussi, des kincobs ou brocarts constellés et indurés de pierres précieuses d'une inestimable valeur. Les turbans de Bénarès ont une grande réputation d'élégance ; ils sont faits en écharpes tissées d'argent, plusieurs fois enroulées ; d'autres sont en velours de nuances éteintes, brodés de petites perles, de saphirs et de pierres de lune. Les châles de Cachemyr s'étalent partout, mêlant leurs mosaïques harmonieusement fondues, et la chaude clarté du ciel leur donne une valeur de tons que nulle étoffe exotique ne saurait atteindre dans nos pays brumeux. Une poussière d'ocre pâle flotte partout, résidu impalpable des alluvions gangétiques, broyées par les siècles et les milliards d'hommes qui les ont foulées.

Viamalah s'accroche plus fort au bras de la servante.

— C'est demain...

— Tu l'aimes, pourtant, ton beau fiancé ? interroge Matou-Mahli avec un peu de malice et beaucoup de compassion.

— Je l'aime...

— Alors, cher Sourire, il faut fuir avec lui, et vous cacher si bien que nul ne puisse deviner le lieu de votre retraite...

— Nassudamy ne le veut pas.

— Que t'importe, fit Matou-Mahli avec dédain, Nassudamy n'est qu'un yogui du temple de Dourga.

Viamalah se mit à pleurer sans répondre.

— N'as-tu pas, petite fleur, la libre disposition de tes sentiments et de tes actes ?...

— Non. Je suis sous la dépendance de cet homme, et je ferai, malgré moi, ce qu'il m'ordonnera... Il est le maître... Il prononce les mentrams (évocations) et les Pitris (esprits) accourent à son désir !... Il est tout puissant et terrible !

— Folies !...

— Ce soir, ce soir encore...

— Ne va pas au rendez-vous...

— Hélas !... je n'ai plus de volonté, depuis le jour où je l'ai rencontré près du temple de la déesse. Il est le serviteur de Siva et les brahmes ont mis en lui toute leur confiance. C'est en offrant une colombe à Parvati que je l'ai vu pour la première fois. Il a bu mon souffle ! (Il a pris mon âme.)

— Il ne fallait pas lui parler ; un yogui, un mendiant !

— Sans doute, et j'ai résisté longtemps, mais sa voix est douce comme celle du cocila, ses yeux sont plus étrangement brillants que ceux du tigre et sa face est resplendissante comme la lune !

— Achilgar est mieux encore et doit séduire une femme ; il est également riche et de haute naissance. Il ne faut pas hésiter entre les deux !

— Je n'hésite pas, puisque mon cœur est au premier.

— Alors ?...

— Comment exprimer ce que je ressens ?... Il me semble qu'une force occulte me soumet, me communique des pensées et me fait prendre des résolutions que ma raison repousserait en tout autre moment. Des mains invisibles me poussent en avant. Je veux résister et mes jambes sont molles comme après une longue lutte, mon énergie défaillante cède au pouvoir mystérieux.

— Nassudamy ne t'a donné ni philtre, ni fétiche ? Vous n'avez point partagé le riz et le safran ?

— Non... Mais j'ai avalé les pilules d'or ! (Formules de mentrams roulées en boulettes.)

— N'accepte rien de lui. Tu lui appartiendrais à tout jamais !

— Ce soir, je le verrai une dernière fois, et je le supplierai de s'éloigner, de me laisser suivre la route d'amour.

— Les bayadères du temple de Siva ne lui suffisent donc plus ?...

— Il ne les regarde point, Matou. Ce n'est pas un corps qu'il désire, mais une âme... Il prétend que parmi toutes les vierges de Bénarès j'ai la faveur des dieux et qu'ils ont mis en moi les mystiques ardeurs qui font les prêtresses et les pythonisses sacrées.

— Nassudamy, sans doute, n'en veut qu'à tes biens.

Viamalah haussa les épaules avec mépris.

— Il est de noble race et s'il mendie sur les routes, il agit en cela suivant son bon plaisir, puisqu'il pourrait avoir, comme Achilgar, des palais et des serviteurs.

Tout en conversant les deux femmes

ont pris une infinité de rues bordées de maisons à deux et trois étages, de petits temples sculptés comme des figurines d'échiquier, ont croisé des brahmines et des fakirs peints de diverses couleurs, avec des faces émaciées et des yeux brillants, étrangement mobiles. Des jeunes filles, demi-nues, chargées d'anneaux, s'inclinent sur le passage des religieux, leur offrent des fleurs et des fruits, baissent les paupières sous les regards lascifs qui les enveloppent. Parfois, les yoguis, en échange de leurs présents, leur remettent des pierres cylindriques, arrondies vers le bout, qu'elles pressent

sur leurs lèvres ardemment. Des matrones, avec force bijoux aux oreilles et au nez, ne laissent apercevoir de leur beauté flétrie que d'étranges yeux cerclés de kohl et d'antimoine. Elles portent des pantalons collants comme les hommes et se drapent dans des voiles frangés d'argent, ourlés de verroteries. Les pèlerins, au bord du Gange, se dépouillent de leurs vêtements, et, pêle-mêle, descendent dans le courant afin d'y faire leurs ablutions, tandis que de jolis enfants, aux regards ingénus et rêveurs, revêtent le costume des divinités hindoues pour solliciter la pitié des passants. De toutes parts, sur le fleuve, flottent de légers bûchers de roseaux, de coton et de feuilles sèches, modestes sacrifices de ceux qui ne peuvent immoler des agneaux ou des chèvres.

Il y a aussi, devant les temples, des petits taureaux blanc rosé, à mufle humide, dont les cornes sont dorées et terminées par des boules de métal ; des cavaliers étranges montent des chevaux teints de henné et d'indigo aux crinières tressées de perles.

II

LE FIANCÉ

Viamalah, maintenant, est dans son jardin, auprès de son père qui l'exhorte doucement. Les colombes, sur les palmiers, autour d'eux, roucoulent d'une façon plaintive ; des paons et des perroquets semblent, dans leur vol capricieux, jongler avec les pierreries de leurs ailes, tandis que de tout petits oiseaux, pareils à des scarabées d'or, s'endorment au calice des fleurs. Des figuiers et des grenadiers percent les touffes blanches des cotonniers ; des mimosas, des manguiers, des bambous s'élancent vers le ciel, abritant des corbeilles aux odeurs chaudes et mielleuses.

— Ton fiancé va venir, Viamalah.

— Oui, père.

— Et tu seras tendre pour lui ; il ne faut plus le chagriner !

La fillette frissonne au souvenir de la

Viamalah, maintenant, est dans son jardin, auprès de son père qui l'exhorte doucement.
(Page 8.)

colère de son fiancé Achilgar qu'elle a profondément blessé... Pourtant, il lui plaît, le beau jeune homme aux yeux de velours sombre, et c'est vainement qu'elle cherche à s'expliquer son humeur fantasque.

— Tu seras bonne et soumise, recommande le vieillard.

— Oui, père.

Le jour baisse lentement ; les abeilles noires, lourdes de butin, regagnent la ruche. Les phalènes quêteuses aux ailes lourdes, estompées de mauve et de bleu mourant, les remplacent, volent silencieusement de parfum en parfum, au milieu des chauves-souris cornues, et des mouches lumineuses qui tendent sur l'abîme du ciel un réseau caboché d'or.

Matou-Mahli apporta une sorte de harpe triangulaire, incrustée d'agates et d'opales, l'offrit à la jeune fille qui se mit à chanter d'une voix tantôt grave et profonde, tantôt cristalline et légère sur l'accompagnement des cordes bourdonnantes.

> Tzî lou moncouly condo.
> Arouné canny pomle !

(Apportez des bijoux, jeune vierge d'Arouné.)

La chanson populaire, toute pleine de rumeurs d'idylle, s'animait, éclatait en fanfare joyeuse, puis mourait en lamento d'amour.

Un silence se fit et Achilgar parut sous les roses.

Il était grand, mince, avec un visage pâle et passionné, des yeux profonds comme la nuit et des lèvres de bonté souriante. Quand il fut près de Viamalah, il porta les mains à son front en signe d'adoration, et attendit qu'elle voulût bien lui adresser la parole.

— Achilgar, dit-elle, je ferai la volonté de mon père... Cependant, les signes mystérieux qui ne m'ont jamais trompée m'avertissent de prendre garde !... Que la colère des dieux se détourne de nous !...

Le jeune homme la regarda avec tristesse.

— De quoi les dieux nous puniraient-ils ?... Qu'avons-nous fait contre eux ?...

— Sans le vouloir, sans doute, nous leur avons déplu.

— Viamalah, tu ne m'aimes pas !

Elle se leva, mit son bras à l'épaule de son fiancé, frôla sa joue de sa joue brûlante.

— Si, je t'aime de toutes mes forces.

— Alors, unissons-nous.

Avec découragement, elle laissa tomber ses mains le long d'elle, détourna les yeux...

— Ne veux-tu point attendre encore, Achilgar ?... Que font des semaines et des

mois quand on est sûr de s'aimer toujours !...

Mais il la reprit contre lui, impétueusement.

— Non, non, demain tu m'appartiendras... demain...

— J'ai peur, mon aimé... Je ne me crois pas libre...

Il eut un rire superbe.

— Tu es à moi, Viamalah !

Avec des mots de tendresse et des gestes câlins, il dit les raisons qu'il avait de croire à leur bonheur, la certitude où il était de l'indulgence des dieux et comment, le matin même, il avait fait un sacrifice à la déesse Kali qui est la plus terrible des divinités hindoues. Cette déesse Kali porte en elle tous les crimes et tous les maléfices. Elle ne se plaît qu'aux images de mort, aux scènes de meurtre et de carnage. On la représente avec quatre bras ; une de ses mains tient un glaive, une autre la tête grimaçante d'un supplicié, les deux autres mains sont ouvertes. Un large collier de crânes humains entoure son col, et sa langue descend entre ses seins. Sa cheville se pare d'un bracelet de doigts décharnés, qui s'entre-choquent lorsque les fanatiques enivrés d'arack et d'opium se massacrent devant son piédestal.

Au nom de la déesse la jeune fille avait frissonné. Achilgar la pressa plus fort contre lui, et agrafa ses lèvres dans un baiser irrésistible.

— N'aimes-tu point, Viamalah, mon étreinte et la douceur de ma bouche ?... Sois à moi. Je ferai apporter de la maison du brahmane le feu consacré, je répandrai sur la terre l'herbe *koustha* et nous serons mariés sans témoin, selon les prescriptions religieuses... Les cérémonies viendront après, avec toute la magnificence due à notre rang... Si tu le préfères, je t'enlèverai sur mon cheval sikhe, et t'offrirai le bétel à l'ombre du banian de Siva !

— Siva ne le veut pas !... à l'instant, encore, je l'ai consulté...

Achilgar se pencha à son oreille et y glissa le charme des mots d'amour qui font tressaillir les filles de la nuque aux talons, et les livre sans défense aux désirs de l'homme.

— Je caresserai les seins de mes lèvres, et je pénétrerai les secrets fleuris de ton corps ; ta chair sera brûlante de baisers, tu ne voudras plus te détacher de moi !

Elle fermait les yeux, défaillante. Il poursuivit :

— Il n'y aura pas un petit coin de ton corps que je ne connaîtrai ; chaque repli charmant sera le nid d'un baiser, et ces baisers battront des ailes gentiment sur toi comme des oiselets, te feront rire et crier de joie !... Puis, il y aura d'autres baisers encore, des baisers rares et précieux, des baisers légers et soyeux comme des pétales de lis ; il y en aura tant que si les dieux avaient le pouvoir d'en faire des pierreries, ils te couvriraient d'un réseau fulgurant !...

— Cesse, dit-elle, tes paroles sont comme des flammes dans mon cœur !

— Tu connaîtras la joie suprême, tu mourras et tu renaîtras à la volupté : tu ne voudras plus exister que pour elle, et je t'enseignerai, avec science et lenteur, les soixante-quatre manières du Kama...

— Ah ! fit-elle, tout endolorie et fiévreuse.

Il glissa dans sa main un bijou curieusement monté et ciselé, représentant un linga, fait d'un seul rubis d'une grande pureté.

— Porte le, dit-il, par amour de moi.

Et, délicatement, il fixa la chaînette au poignet mince de Viamalah. Elle ne se défendait plus. Pourtant, quand il voulut soulever la gaze légère que retenait, devant elle, la fibule de diamants, elle le repoussa avec épouvante.

— Non, pas cela... Demain, peut-être... oui, demain.

Il s'était agenouillé, comme un brahmane devant la pierre triangulaire que les pénitents portent à leurs lèvres... Avec un soupir il se releva.

— Demain, fit-il, j'ai ta promesse !...

Et il s'éloigna entre la double haie des arbustes fleuris aux senteurs de poivre et de miel.

III

Demain ! elle avait dit demain. Un voile de brumes s'abattit sur ses pensées, elle ferma les yeux pour s'isoler du monde réel, oublier autant que possible... Mais ce moment d'anesthésie morale ne fut que de courte durée, et l'épouvante revint plus vive de l'avenir qui l'attendait.

Elle gagna la terrasse de grès rose et de marbre de Radjpoutana dont le pied baignait dans le Gange. Le Gange, à Bénarès, est d'une largeur qui étonne : la ville sainte, sur la rive gauche, est échelonnée. A droite se trouvent les palais et les jardins du Maharajah, féeriquement groupés dans une gloire de tours et de coupoles plaquées d'argent et d'or. Chaque prince hindou a le devoir de posséder un palais au bord du fleuve, et plusieurs de ces domaines splendides contiennent une suite de quelques milliers de personnes.

Viamalah, d'origine illustre, habitait une de ces vastes demeures, aux colonnes de porphyre incrustées de jade et d'ivoire, aux galeries de marbre blanc, toutes pleines du gazouillis des jets d'eau dans les vasques profondes.

Son enfance avait été douce, au milieu des suivantes attentives qui prévenaient le moindre de ses désirs et des brahmes solennels qui initiaient sa jeune âme aux mystères de leur culte. Assise sur des coussins de soie filigranés d'or, ses mains fluettes croisées sur ses genoux, elle écoutait les paroles graves des ministres de Mahadeo et ne tremblait pas au récit de ses exploits barbares.

Déjà, elle avait des grelots d'escarboucles à ses chevilles et des bagues précieuses à ses orteils. Ses cheveux, mêlés

de jasmin, s'épandaient autour d'elle, et elle en était plus fière que des joyaux les plus rares. Trois favorites l'entouraient, aux noms compliqués et sonores qui signifiaient : Rayon de Miel, Gloire de la Lune, Parfum céleste. Toutes quatre se sauvaient, la nuit, pour aller rêver aux étoiles dans la solitude des jardins, ou tremper leurs pieds nus dans les ondes sacrées du fleuve.

Elles pensaient à l'amour, comme y pensent toutes les fillettes hindoues, qui ne sont élevées que pour le culte des dieux et le plaisir des hommes.

Le brahmanisme est un mélange de panthéisme et de polythéisme. Tous les meurtres, tous les excès, toutes les inventions délirantes de l'esprit et les tentatives criminelles des sens y sont divinisés avec les éléments et la matière. Par une série de transformations, les brahmes ont fait de la déification de la vie et de la génération, l'essence même de la religion. Les adorateurs de Siva portent au bras gauche un anneau qui soutient le *lingam-yoni*, le bijou vénéré d'amour et de joie, le symbole obscène et troublant que les filles adorent ingénument. Les fervents de Vishnou ont, au front, le *Nahman*, sorte de trident tracé à partir de l'origine du nez, dont la ligne verticale du milieu est rouge et les lignes droites latérales blanches : cela aussi est un symbole de jeunesse, de force et de fécondité. Les brahmes ont introduit la douleur et le plaisir dans tout ce qui touche à leur culte. Ils encouragent et conseillent les sacrifices humains, l'as-

sassinat périodique des enfants et des vierges.

Viamalah, dans un moment de maladie épidémique, de mortalité et de famine, se rappelle avoir présidé un sacrifice sanglant. Elle a suivi la victime au bord du fleuve où on l'a baignée pour la revêtir d'habits de soie fleuragés de broderies précieuses. Puis, aux sons d'un tambourin, fait avec deux têtes de mort collées ensemble, et d'une flûte percée dans un fémur humain, on l'a conduite, précédée d'une troupe de danseuses, au lieu du sacrifice. La petite souriait, croyant à un jeu. Elle trembla, pourtant, lorsqu'on

attacha l'homme pour lui rompre les os des bras et des jambes. Il ne criait point, enivré d'opium et de datura, présentant sa poitrine au prêtre pour qu'il en arrachât le cœur et le recueillît dans un vase d'argent. Et Viamalah voit encore ce cœur, tout fumant et tressautant, dont le sang s'échappait à bouillons impétueux, rougissait les fleurs qu'elle tenait à la main. Cette vision d'horreur la poursuit toujours, et elle en parle à ses petites amies Rayon de Miel et Gloire de la Lune, avec des balbutiements peureux.

À part cette journée d'épouvante, sa vie s'est écoulée sans événements marquants. Elle a chanté, dansé, prié pour charmer les dieux, s'est imprégnée d'essences de roses de Gazipour, a peigné ses longs cheveux en souriant à son image, entre les lotus rouges de l'étang de Dourga.

Puis, le fiancé est venu l'enivrer de paroles brûlantes, et elle n'a point osé se laisser aller à la douceur d'aimer, parce qu'un fanatique, au sortir du temple de la déesse, un yogui charmeur, s'est placé sur sa route et lui a défendu de prêter sa chair à un être mortel.

Achilgar, pourtant, est comme elle d'une noble origine, il est beau, il est jeune, éloquent, il a tout ce qu'il faut pour charmer l'imagination d'une vierge ardente, pleine de convoitises trop longtemps contenues. Quel est donc le pouvoir de cet inconnu qu'elle a rencontré par hasard et qui prétend gouverner ses désirs ?...

— Tu n'appartiendras pas à un homme, a-t-il dit, ton corps est aux divinités mystérieuses qui nous gouvernent. Elles t'ont choisie en holocauste, parce que tu es la plus belle...

Et Viamalah s'est révoltée, puis des larmes ont coulé de ses yeux comme un collier de perles brisé.

— Qui t'a donné le droit de me parler ainsi ?...

— Les Pitris, dont j'écoute les conseils et dont je suis le serviteur. Par la possession de la *Maya* (l'illusion) je gouverne la terre !

Nassudamy s'était posé devant la jeune fille, à moitié nu, montrant un torse harmonieux, malgré les jeûnes, une tête énergique aux traits creusés en arêtes vives, aux longs cheveux retenus

par une bandelette blanche. Dans sa face
passionnée et ténébreuse ses yeux immenses semblaient deux fleurs de pierreries, et la vierge n'avait pu supporter
l'éclat extraordinaire de son regard. Vers
elle il avait étendu sa main dominatrice
et elle avait ployé les genoux dans une
douloureuse humilité.

— D'autres femmes sont meilleures et
plus ferventes... Pourquoi m'empêcher
de suivre la loi d'amour ?...

— Tu connaîtras l'amour, Viamalah,

jointes, éclatait une gerbe de tubéreuses
au parfum véhément.

IV

NASSUDAMY, LE CHARMEUR

Le jour, Viamalah songeait à son
fiancé et la nuit au charmeur inconnu.
Dès que les ombres descendaient sur la
cité sainte, elle appelait Matou-Mahli

l'amour qui n'est pas soumis au caprice
des hommes...

— J'aime mon fiancé.

— Tu crois l'aimer... Les démons t'ins-
pirèrent ! Ce baiser n'est-il pas plus doux
que celui d'Achilgar ?...

Et sans que Nassudamy ait bougé, Viamalah eut, sur ses lèvres, la caresse d'une
bouche avide, d'une bouche invisible dont
elle sentit cependant toutes les sinuosités
voluptueuses.

Elle voulut fuir, mais, bien qu'il n'y eût
aucun témoin de cette scène, deux bras
l'étreignirent avec force et le baiser, dont
inconsciemment elle savourait l'ivresse,
pénétra plus profondément, lui enlevant
tout sentiment de la réalité. Quand elle
reprit connaissance, Nassudamy n'était
plus auprès d'elle, mais, entre ses mains

pour se faire conduire en un lieu mystérieux, où elle savait rencontrer le fakir.

La suivante jetait sur la beauté radieuse
de la jeune fille un voile épais, une sorte
de loupettah qui dissimulait les gemmes
de ses parures et les gemmes de son
corps ; puis les deux femmes montaient
en *dingui* (longue embarcation munie
d'une cabine), et suivaient la rive du
Gange. La barque était gouvernée par un
tendal, ou chef batelier et six macouas, ou
rameurs de la caste des pêcheurs, habi-
tués à mener les adoratrices de Dourga
au temple fleuri de la déesse.

Ils voyaient s'élancer dans le ciel les
minarets frêles, semblables à des pistils

d'or sortant de la corolle massive des
dômes et des tours. Puis, c'étaient de
longues arcades soutenues par des colonnes de marbre, des quais élevés, des
terrasses garnies de balustrades ajourées
comme des dentelles, qui se dessinaient
en relief de guipure sur le feuillage ardent des tamariniers et des bananiers.
Aucun plan suivi dans l'architecture :
une forêt de murs, de coupoles, de tourelles, de portiques, de piliers, d'ornements admirables et fous, solennels et

légers dénotant un sens très développé de
tout ce qui émeut les nerfs et l'imagination. Les Gaths, — sorte de monuments
composés de quatre pilastres, reliés entre
eux par une corniche unique, et placés
au sommet d'escaliers géants qui mouil-
lent leurs dernières marches dans les
ondes nacrées du fleuve, — sont les seuls
quais que possède cette antique cité, l'an-
cienne Kasy des rajahs de la première
race.

Ils sont tout le jour couverts de coolies
qui chargent et déchargent les navires, se
hâtent autour des marchandises de l'Inde,
de l'Europe et de l'Asie dont s'alimente
le marché du haut Bengale.

De tous les temples de Bénarès, le plus
vénéré porte le nom de *Bishichar-Kumardil*, ou le *Saint des Saints*. C'est une
construction d'un genre particulier et
très rare dans l'Inde. Elle est en granit,
assez basse, peinte en rouge vif et rem-
plie de sculptures en pierre, représentant
des taureaux brahmaniques et des symboles de divers cultes asiatiques. Pendant
les fêtes, les cloches carillonnent à toute
volée, ponctuant de leurs cascades joyeuses les clameurs aiguës des pèlerins.

Mais Viamalah ne pensait point au
Saint des Saints. Le temple du dieu *Ha-
nouma*, qui est un grand singe vert, ardent et belliqueux, n'arrêta pas davantage
son attention. Des psylles, cependant,
descendaient les marches des Gaths, avec
des serpents enroulés à leurs poignets.
Ils sifflaient d'une façon plaintive, et les
najas gonflés de venin dressaient vers eux
leur petite tête plate, allongeaient leur
langue triangulaire d'une façon caressante. Viamalah, dans l'un des charmeurs
reconnut Nassudamy et fit signe aux rameurs d'accoster. L'homme au reptile
s'éloigna, sans retourner la tête, et elle
le suivit docilement.

Longtemps ils marchèrent en silence
pour trouver un peu de fraîcheur. Maintenant, les feuillages se rejoignaient sur
leur tête ; ils étaient dans un lieu désert,
une sorte de zénana mystérieux où des
sentiers, à peine tracés, étaient envahis
par un épais lacis d'herbes et de lianes.
Nassudamy conduisit la jeune fille à l'endroit habituel de leurs rendez-vous, un
temple en ruine, dont les façades anté-
rieures et latérales étaient couvertes de
sujets en relief représentant des animaux
sacrés et des couples humains engagés
dans l'union sexuelle. Une galerie rec-
tangulaire, à laquelle on accédait par les
gradins disjoints d'un escalier de granit,
était revêtue encore, de place en place,
d'une sorte de stuc préparé avec des coquillages pulvérisés que le soleil et les
pluies avaient colorés de teintes opalines.
Un sarcophage se dressait dans le milieu,
sous de hautes arcades en ogives que les
plantes grimpantes avaient revêtues de
draperies légères et somptueuses, fleuries
comme pour une fête d'accordailles. Des
pétales, sans cesse, tombaient en tourbil-
lonnant, mettaient dans la sépulture noire
la douceur d'un sourire.

— Non, gémit-elle ; ce que tu me demandes est impossible, j'ai promis !... (Page 19.)

Le charmeur s'arrêta et se tourna vers la jeune fille.

— Tu as vu ton fiancé et tu as donné ta parole ?... dit-il, d'une voix rauque.

Elle essaya de nier, mais il l'interrompit.

— Pourquoi mentir ?... Les Pitris m'ont averti. Rien de ce que tu fais ne me demeure caché.

— Eh bien, avoua-t-elle, j'ai obéi à mon père qui désire ce mariage. Que veux-tu de moi, puisque tu ne saurais aimer une femme ?... Les fakirs ne se marient pas, Siva le leur défend. Le dieu de la sombre justice interdit à ceux qu'il a doués de la puissance d'évocation, d'illusion et de métamorphose de s'occuper d'autres soins qui les détourneraient de la mission qu'ils ont reçue.

— Certes, Siva aime ceux qui se dévouent à ses lois. Il les aime d'un amour capricieux et jaloux...

— Tu vois !... Ta mission est toute de sacrifice... Méconnaître la volonté de Siva serait pour toi la cause des plus grands châtiments. Tu dois charmer tous ceux qui hésitent ou se révoltent, tous ceux qui rejettent les croyances et nient les manifestations des esprits émanés de la puissance supérieure. Ta famille, c'est l'univers. Tu ne dois pas aimer une femme !

— Je t'aime en esprit, Viamalah, et, sans te toucher, je puis goûter les mêmes délices que le plus fougueux des amants. Est-ce qu'il ne suffit pas de vouloir pour gouverner son cœur et ses sens, atteindre à la toute-puissance ?... Les joies charnelles ne sont rien si on les ressent passivement ou par le seul besoin de la nature imparfaite... Mon amour ne t'a-t-il point troublée plus délicieusement que celui d'Achilgar ?...

La jeune fille baissa les yeux.

— Je ne sais...

Nassudamy reprit avec véhémence :

— Tu as goûté tantôt ses baisers impurs, et il t'a donné ce bijou dont tu ne crains pas de te parer devant moi !...

Viamalah, inconsciemment, avait replié son bras sur sa poitrine pour protéger le joyau sacré. Mais, sans que le charmeur fît un geste, la chaînette d'or qui le retenait se brisa soudain et le lingam, comme une larme de rubis, tomba sur la pierre funéraire.

La vierge courba la tête tristement, et le charmeur reprit :

— Je n'ai besoin ni de joailliers ni de ciseleurs pour parer ta beauté... Regarde encore !

Une large corolle pourpre se balançait sur le front de la petite amoureuse. Nassudamy la cueillit, et, la tenant délicatement devant ses lèvres, prononça sur elle des mentrams fatidiques. Aussitôt, le

pistil déborda les pétales, grandit, s'arrondit gracieusement, présentant l'image parfaite du lingam sortant d'un calice de fleur — le lingam-yoni.

— Ainsi, dit-il, tu auras le symbole complet.

Et il ploya la tige qui se changea en chaînette d'aigues-marines.

— Oh ! fit-elle, émerveillée, en prenant le bracelet, tu saurais donc réaliser tous mes désirs ?...

— Tous les désirs, si tu te sens assez forte pour n'appartenir qu'à moi d'esprit et de volonté.

— Non, gémit-elle ; ce que tu me demandes est impossible, j'ai promis !...

Il eut un sourire dédaigneux.

— Je puis te dégager de ta promesse.

— Comment ?...

— Je connais les herbes qui donnent le sommeil et la volupté, la vie et la mort. Je puis aussi te rendre invisible.

— Me rendre invisible ?...

— Oui, en te frottant les yeux avec un collyre que je t'enseignerai ; ainsi tu pourras agir sans crainte... Quelques gouttes du suc de cette plante...

— Non, non, fit-elle avec horreur, je te hais !...

Et elle tenta de s'enfuir. Mais ses pieds demeurèrent rivés au sol, une sorte de torpeur l'envahit ; avec un soupir, elle ferma les yeux, s'abandonna.

V

UN RÊVE ÉTRANGE

Nassudamy coucha la jeune fille sur la mousse et, s'agenouillant près d'elle, la contempla ardemment.

Les religieux errants ont un pouvoir mystérieux et terrible qui trouble l'esprit et confond la raison. Nul encore n'a pu découvrir les moyens employés par les Brahmes pour fanatiser leurs adeptes. Ces derniers, en quittant la pagode où ils ont vécu dans la prière, les jeûnes et les parfums, ne doivent point révéler aux hommes les secrets qu'on leur a enseignés. S'ils se servent pour leurs étonnantes expériences de formules magiques et d'incantations, c'est à voix basse, toujours inintelligible pour les assistants. A toutes les questions que le voyageur leur pose, ils répondent qu'ils ne sont rien, et que les Pitris seuls leur donnent la force de rester des mois sans manger ou de dormir sous terre dûment inhumés dans une étrange et terrifiante catalepsie. Maya (l'illusion) les assiste et les charme. C'est la magicienne qui règne sur les cœurs et gouverne les consciences.

Nassudamy, penché sur Viamalah, lui suggérait son désir.

L'esprit du fakir, peu à peu, entra en union avec l'esprit de la dormeuse. Il posséda, par la seule évocation du plaisir, toutes les fleurs voluptueuses de sa chair d'avril : le jasmin de sa bouche, la tubéreuse de ses aisselles, l'œillet pâle de ses seins, la rose d'or de son giron doux et ambré comme une touffe de caranas et, plus bas, le lotus sacré des secrètes ivresses. Pourtant, aucun voile ne fut dérangé sur le corps fluet de la vierge qui, les lèvres entr'ouvertes, se grisait aussi de fictifs baisers. Ses talons rejoints sous la gaze du doupettah, ses bras en croix sur ses colliers de perles ne furent point effleurés par les mains du charmeur, qui la pénétra de toutes les joies par la seule force de sa volonté.

— Oh ! dit-elle, sans se réveiller, le vent qui se jouait dans les girofliers souffle maintenant des Himalayas ! J'entends le bourdonnement des abeilles dans les flèches barbelées du patali, semblables au carquois de Smarra le dieu d'amour, et les pétales du palasa sont comme les ongles de Kama qui, tour à tour, meurtrissent et caressent profondément... viens à moi, viens en moi, c'est l'heure des étreintes et des harmonies...

— Je suis à toi, je suis en toi, soupira le charmeur qui n'avait point bougé, mais dont la face se crispait sous la sensation intense et prolongée du rêve.

De larges rayons de lune perçaient les feuillages.

Devant eux s'étendait une pelouse bouillonnée par des bulles de fleurettes roses, si pressées, que l'herbe se voyait à peine. Des feuilles dentelées ou hérissées en lames de sabre s'étendaient au-dessus, et les branches, givrées de clartés blafardes, disparaissaient, à leur tour, sous la résille des lianes et la tunique veloutée des mousses.

Au miroir d'un étang tournoyaient de grands oiseaux aux reflets métalliques, aux poitrails de vif argent lustrés de vert et d'azur, aux gorges de moire lilas squamées de pourpre et d'or...

— Je suis à toi, je suis en toi... Tes cheveux sont des voiles sombres qui palpitent dans la nuit comme des ailes pelucheuses de chauve-souris, et ta lèvre ardente a le goût de la fleur sanglante du Bandhujiva ! Tes yeux sont des pierres d'adora mystérieuses et changeantes qui parlent des splendeurs sidérales et ne se laissent point pénétrer... Ton oreille est la coquille nacrée où chantent les amours des flots !... J'y voudrais mettre ma langue comme un pistil de corail... Tes seins sont des coupes jumelles où tremble un rubis serti d'or. Ton ventre est un bouclier de jade que nulle arme n'a violé, et le secret de ton corps divin est comme une ruche de miel perdue dans les fleurs.

« Tu es vierge, Viamalah ! et tu as connu les suprêmes extases !... Tu n'ignores plus rien de l'étreinte complète : pourtant, aucune caresse n'a tenté de déclore le calice fermé de tes flancs. En pensée, j'ai bu aux coupes de tes seins, j'ai goûté le miel de tes lèvres, et, sans avoir mis ma langue à la source suprême, je m'y suis éperdument enivré !... Viamalah !...

La jeune fille poussa un faible cri et ouvrit les yeux, le corps brûlant, les membres brisés comme après une longue lutte. Son doupettah l'enveloppait toujours et pas une perle de ses colliers n'avait bougé.

Le charmeur la laissa se relever.

Un moment elle garda le silence, inquiète et surprise, les sourcils froncés, puis elle s'indigna.

— Adieu, tu ne me reverras plus ! Je ne sais quel envoûtement tu m'as fait subir, et je rougis de ce que j'ai éprouvé !... Si les dieux sont contre moi que mon destin s'accomplisse !...

— Tu l'auras voulu.

— Oui, dit-elle résolument. Tes pratiques sont coupables et tu méconnais les lois de la nature... Le désir est déchaîné en moi, mes sens ardent inutilement et je veux éprouver l'assouvissement d'amour.

Il haussa les épaules.

— Va, tu es libre... mais tu m'appartiens, et aucun homme, moi vivant, ne connaîtra la douceur de ta chair !...

VI

LE LINGAM DE RUBIS

Matou-Mahli, dans le sentier, attendait sa maîtresse.

— Vite, dit-elle, le jour va bientôt paraître. Comme tu as tardé, Fleur de Comète !

Viamalah, subitement, sentait cette défaillance de tout l'être qu'entraîne le vertige d'amour. Les narines palpitantes, elle aspirait fougueusement l'air parfumé des bois. Elle faisait quelques pas en courant, puis s'arrêtait, indécise, étourdie, sentant dans le côté comme une angoisse qui fluait jusque dans ses jambes devenues incertaines et molles. Péniblement elle regagna le dingui qui l'avait amenée et, tandis que les six macouas

ramaient avec ardeur, elle posa sa tête sur l'épaule de la suivante et pleura doucement, comme un enfant pris en faute.

— Qu'as-tu donc ?... demanda Mahou, très impressionnée.

— J'ai... Mais, à quoi bon ?... Tu ne saurais comprendre... ce qui m'arrive est si étrange !...

— Le religieux t'a prédit un avenir malheureux !...

— Oui, le fakir est cruel...

— Bah ! dit Matou-Mahli, qui était Bouddhiste, les fakirs se trompent autant que les Brahmes ! le mieux est de ne point attacher d'importance à leur prétendue science.

— Nassudamy n'est point un charmeur ordinaire, ce qu'il sait faire dépasse tout ce que tu pourrais supposer...

— Vraiment... Que sait-il donc faire ?...

Viamalah, confuse, ne répondit pas... Matou dédaigneusement reprit :

— Il a fait germer des graines et s'ouvrir des fleurs.

— Oui, dit la jeune fille, c'est un homme habile... Il sait ce qui plaît aux femmes.

— Aux femmes d'esprit faible...

— ... Mais d'imagination vive...

— Vraiment ? C'est un bien grand sorcier !

— Tiens, dit la jeune fille. Et elle posa sa main brûlante sur celle de Matou. Vois donc ce bijou ?...

— Tu as la fièvre, Fleur de Comète !

— Peu importe ! Regarde ce lingam.

— C'est un rubis de l'Oxus !

— Il l'a fait jaillir d'une corolle pourpre qui se balançait sur mon front, et la corolle elle-même est devenue...

— Ce joyau est inestimable par la pureté des gemmes et la perfection des détails. Sans doute le fakir l'avait-il caché dans un buisson... C'est un don merveilleux !...

— Que faut-il en faire, Matou ?...

— Il faut le jeter dans le Gange, Fleur de Comète.

— Tu crois ?...

— Tu ne dois accepter que les présents de ton fiancé Achilgar.

— C'est vrai...

Ayant baisé le fétiche, elle tenta de l'enlever de son bras ; mais la chaînette résista, se resserra autour du poignet frêle, et, malgré tous les efforts de Matou, ne put être détachée.

La suivante tremblait un peu.

— Par Bouddha ! les diables s'en mêlent !... Que les mauvais esprits se retirent de toi !...

— Non, laisse, puisque c'est la volonté de Siva...

— Que dira Achilgar ?...

— Il croira que c'est le lingam qu'il m'a offert et j'aurai soin de le cacher sous d'autres bijoux...

— C'est égal, fit Matou, le sien n'était point aussi beau !

VII

LES AMIES CARESSEUSES

Viamalah, avant de dormir, voulut purifier son corps de toute souillure, et, ayant appelé ses favorites Rayon de Miel, Gloire de la Lune et Parfum céleste, se plongea dans une vasque de porphyre, au-dessus de laquelle huit têtes d'élé-

phants versaient par leur trompe, encerclée de pierreries, des eaux embaumées de température différente. D'imperceptibles douches remplissaient l'air comme d'une poussière de diamant, et des milliers de petits flacons de diverses teintes, éclairés intérieurement par des lucioles, répandaient une mystérieuse lueur.

Gloire de la Lune, qui était pâle, avec de longs yeux de topazes brûlées et une chevelure qui lui caressait les talons, prit son rebab, sorte de viole en forme de calebasse munie d'un long manche d'ivoire vert, et en fit vibrer les deux cordes de cuivre.

Parfum céleste qui, toute petite et potelée, avait une minuscule bouche rouge, humide comme un fruit, se mit à chanter :

« Taïtou, moncouty condu... »

Et Rayon de Miel, en glissant légèrement sur ses pieds nus, bagués de turquoises et de saphirs, enleva son doupet-tah de gaze lamée d'or pour le pas de « l'amour qui butine » qu'elle exécutait avec des ondulations voluptueusement incitatrices.

Mais Viamalah, en agitant les mains dans l'onde tiède, afin d'y mélanger le véhément parfum de tubéreuse qu'elle avait choisi, soupira douloureusement :

— Non, pas cela.

Les petites s'arrêtèrent et la contemplèrent en silence.

— Vos jeux me fatiguent, dit languissamment la baigneuse. Je ne veux ni chansons, ni danses... mais je désire que vous me dorlotiez comme une tourterelle blessée dont on baise les ailes... Venez avec moi dans la vasque... Venez vite !

Sans ôter leurs bijoux, qui étincelèrent sous l'eau, parurent le reflet de minuscules étoiles dans un étang, elles se glissèrent près de Viamalah et la prirent dans leurs bras.

— Câlinez-moi, dit-elle, en fermant les yeux, je suis triste...

Et les fillettes promenèrent au long de ses épaules leurs lèvres frémissantes et caresseuses, semblables à d'agiles abeilles violant une corbeille de roses.

VIII

AUTOUR DE SIVA

Le jour naissait et la vierge lasse, mais non satisfaite, dont l'esprit et les nerfs subissaient toujours l'étrange suggestion du charmeur, essaya de dormir.

Autour du palais le miroir des piscines reflétait les longues galeries à colonnades de marbre rose et vert, ombragées de girofliers et de bambous. Au loin, fumaient les tuyaux de brique des fabricants d'aromates et des marchands de toutes sortes qui vendent des épices subtiles, des verreries délicates, élancées comme des calices, des moulins à prières, des objets de bois odorant ouvragés, des gemmes frustes, enchâssées de cuivre et d'argent, des essences de plantes pour embellir le visage et des pâtes de pierres écrasées pour polir la peau. Des psylles sifflaient doucement dans la campagne, appelant les serpents ; et les pèlerins, au bord du Gange, commençaient leurs ablutions coutumières.

Nassudamy, avec quelques autres yoguis fanatiques, évoquait les Pitris dans le temple de Dourga, tandis que les bayadères, consacrées aux divinités, tournaient lentement autour d'eux, ou se figeaient en des poses lascives, que les singes sacrés à barbe blanche imitaient de leur mieux.

Toutes les religions, y compris le christianisme, ont admis l'existence de forces astrales pourvues d'intelligence, jouant, sous le nom de devas, d'anges, de saints, de dews, d'esprits, le rôle d'êtres intermédiaires entre l'homme et les mondes supérieurs. Les Hindous croient fermement aux apparitions, aux mains de feu, aux miracles, aux présages bons ou mauvais, aux influences funestes et aux envoûtements.

Les yoguis, ou fakirs, en particulier, exercent une grande influence sur les foules. Par une énergie de volonté incroyable ou un fanatisme poussé, parfois, jusqu'à la démence, ils se condamnent à des supplices que notre raison a peine à concevoir. Quelques-uns demeurent immobiles durant des années, accroupis, agenouillés et, même, ensevelis jusqu'à mi-corps. Leurs jambes et leurs bras s'atrophient, se raidissent dans la pose qu'ils leur ont donnée, et nul effort ne saurait les assouplir. Ils demeurent ainsi jusqu'à la mort, souvent longue à venir. D'autres s'épuisent en des jeûnes répétés, se placent entre deux brasiers pour activer la décomposition de leurs organes, arrivent à un état de maigreur spectrale, presque de diaphanéité. Un grand nombre de voyageurs ont assimilé les fakirs aux assassins et voleurs de grands chemins : la vérité est que si ces fanatiques sont dangereux par l'influence qu'ils exercent sur les masses, les philtres qu'ils distribuent et la magie noire qu'ils

pratiquent, on ne saurait leur imputer d'autres crimes. On a dû les confondre avec les affiliés de la terrible secte des Thugs ou adorateurs de la mort, qui tuent par dévotion — dans l'intérêt même de leurs victimes — et forment, au delà de l'Indus, une société secrète du caractère le plus redoutable, qui a résisté, depuis trois mille ans, à tous les efforts tentés contre elle.

Il y a, du reste, des fakirs de toutes les conditions. De même que le catholicisme, au temps de la domination politique, avait créé des ordres religieux dont la mission était d'agir chacun dans sa sphère, sur la classe sociale qu'il était chargé de diriger, de même, dans l'Inde, où le régime des castes subsiste encore, il y a, dans chacune, des yoguis de con-

Quelques uns de ces religieux, par de mystérieuses pratiques où la toute puissance de leur volonté, arrivent à modifier le caractère moral et même la forme humaine. Ils prolongent l'existence ou déchaînent les épidémies qui, en quelques jours, déciment les campagnes et les villes. Ils s'embellissent ou se défigurent, changent la nuance de leurs yeux et de leurs cheveux, les dimensions de leur corps et le son naturel de leur voix. Ils effacent leurs rides, se rendent invisibles ou semblent soudain arrivés au dernier degré de la décrépitude... Enfin, ils sont maîtres de l'*Illusion*, semblables à Krishna, qui se montra *en même temps*, dans ses seize mille cent huit palais, occupé à rendre ses devoirs à ses seize mille cent huit femmes !

IX

PETITES DIGRESSIONS SUR LA MAGIE NOIRE

L'Inde, que la tradition kabbalistique nous dit avoir été peuplée par les descendants de Caïn, et où se retirèrent, plus tard, les enfants d'Abraham et de Céthurah, est par excellence le pays de la goétie, des incantations, des envoûtements et des prestiges. La science maudite de la magie noire s'y est perpétuée avec les traditions originelles du fratricide, rejeté par les castes oppressives et expié par les parias.

L'Inde, l'ancêtre aux lourds secrets, au passé de meurtres, de spoliations et de viols, a vu fleurir toutes les idolâtries. Les dogmes de ses gymnosophistes pourraient nous enseigner la sagesse, s'ils ne commençaient par nous familiariser avec les plus diaboliques pratiques et les vices les plus monstrueux. La terrible *trimourti* des brahmes se compose d'un créateur, d'un destructeur et d'un réparateur. Leur *Addha-Nari*, qui figure la divinité mère ou la nature céleste, se nomme aussi *Bohawnie*, et les Thugs ou étrangleurs, lui offrent des sacrifices humains. Vichnou, le réparateur, ne s'incarne que pour tuer un démon invincible, puisqu'il renaît sans cesse par la volonté de Rutrem ou Siva, dieu de la mort !

C'est à la kabbale de l'Inde que les gnostiques empruntèrent leurs rêves voluptueux et pervers. C'est la magie indienne qui, se présentant, tout d'abord, avec ses passions et ses vices, attire et épouvante les imaginations éprises du merveilleux. Le grand rituel magique, le livre de l'occultisme indien, l'*Oupnek'hat*, enseigne aux fakirs les moyens physiques et moraux de consommer leur puissance mystérieuse, d'arriver par degrés à l'état divin ou, il faut bien l'avouer, aussi à la démence criminelle. L'*Oupnek'hat*, le plus ancien des grimoires, est divisé en cinquante sections. C'est un ciel de ténèbres sillonné d'éclairs. On y trouve des sentences merveilleuses de vertu et d'abnégation à côté des oracles les plus coupables, des abominations dignes des stryges, des empu-

ses et des lamies. Pour se procurer des visions, pour arriver aux phénomènes de la seconde vue, les brahmes se mettent dans un état qui tient du sommeil, de la mort et de la folie. Leur science est aussi celle des empoisonnements, et leurs élèves, les yoguis, n'ignorent aucun de leurs secrets. Ils prétendent même tuer par congestion ou par soustraction subite de lumière astrale, lorsque, par une série d'exercices étranges et douloureux, ils ont fait de leur appareil nerveux, assoupli

à toutes les tensions et à toutes les fatigues, une sorte de pile galvanique vivante capable de condenser et de projeter avec force cette lumière qui enivre ou dévore.

Le grand arcane de l'*Oupnek'hat* c'est l'absolu en immoralité, en fatalité et en quiétisme mortel. Voici ce que dit le livre, pages 35 et 92 du tome premier de la traduction d'Anquetil :

« Il est permis de mentir pour faciliter les mariages et pour exalter les vertus d'un brahmine ou les qualités d'une vache.

« Dieu s'appelle vérité, et en lui l'ombre et la lumière ne font qu'un. Celui qui sait cela ne ment jamais, car s'il veut mentir, il fait de son mensonge une vérité. Quelque péché qu'il commette, quelque mauvaise œuvre qu'il fasse, il n'est jamais coupable. Quand même il serait deux fois parricide, quand même il tuerait un brahme initié aux mystères des Védas, quelque chose qu'il commette, enfin, sa lumière n'en sera pas diminuée, « car, dit Dieu, je suis l'âme universelle, en moi sont le bien et le mal qui se corrigent l'un par l'autre. Celui qui sait cela n'est jamais pécheur : il est universel comme moi. »

Sûrs de l'impunité, les fakirs, profanateurs des temples, pourvoyeurs des bûchers, ont mêlé à la sève narcotico-âcre des jusquiames et des ciguës, le lait caustique de la tithymale, ont versé des philtres d'aconit et de mandragore avec d'innombrables venins et d'étranges semences... Oubliant leur vœu de chasteté, ils se sont fait aimer jusqu'au mourir par de jeunes vierges soumises à leur influence et, malgré la disgrâce de leur corps, ont été désirés éperdument.

X

LES BAYADÈRES ÉNAMOURÉES

Nassudamy, qui était beau et bien fait, demeurait prosterné devant l'image de Siva. Son corps musculeux, qu'étreignait seule une étroite bandelette de toile, se détachait sur la blancheur des marbres, et il étendait les bras dans un geste tragique.

— O dieu terrible, disait-il, dieu de sombre justice et de châtiment ! dieu d'amour et de mort ! écoute la prière du plus ardent de tes serviteurs ! O dieu formidable ! Ougra, Sthanou, Roudra, Sarva... Tu reposes sur le mont Kailaça et tu accordes les faveurs incomparables aux mendiants des chemins... Maître, à la gorge noire, aux longs cheveux, aux yeux déformés !... N'es-tu point le visiteur des palais et des tombes, toi qui portes la massue ornée d'une tête de mort et la peau d'éléphant ?... Je viens, avec un esprit humble et fervent, faire au destructeur de Tripoura le sacrifice de ma

chair, et ne veux aimer une femme qu'en pensée... Donne-moi, Ougra, la force de ne jamais poser mes lèvres sur son corps en fleur, et que le rêve seul me fasse connaître les suprêmes délices !... Mais que celle que j'ai choisie m'appartienne d'imagination et d'intelligence, comme je lui appartiendrai, si tel est ton bon vouloir !... Qu'elle me comprenne et m'obéisse, malgré la distance et le temps ! Qu'elle soit mon esclave fidèle et la source de toute joie... O seigneur des richesses, Kchitimoukha, ami de cœur de la déesse Gâuri, matrice de l'univers, père de Koumâra, dieu des vaches sacrées et des taureaux puissants ! Toi qui sers de voie aux organes des sens, exauce mon vœu de pureté et d'amour !

Les bayadères, autour de lui, accéléraient leurs danses, le frôlaient de leurs corps souples frottés d'aromates, imbibés d'essences, auréolés d'effluves, et se risquaient parfois à une caresse plus directe, car il était de ceux que les filles remarquent.

Habituées à satisfaire les caprices compliqués des brahmes, elles souriaient ingénument au jeune fakir, convoitant le festin nouveau qui semblait s'offrir.

— Nassudamy, j'ai la peau plus fraîche que la pulpe du modhavi.

— Nassudamy, je brûle comme la flamme des bûchers, et la cire de l'arbre d'amra se fond dans ma chair !...

— Ma langue a le goût musqué du tamala !...

— Je suis arrivée d'hier, mon corps est comme une touffe de fleurs... Vois, je n'ai que six ans.

— Moi, j'en ai dix, mais je sais des jeux gentils.

— Veux-tu que je te récite les soixante-quatre manières du Kama ? tu reconnaîtras que je suis une élève appliquée...

— Nous lirons ensemble le Kamasoutra pour nous en mieux pénétrer.

— J'ai la douceur tendre de la colombe.

— Je tourne comme une aiglonne au-dessus du passereau.

— Je meurs vingt fois en une nuit et je ressuscite comme un papillon de lumière...

— J'ai les spasmes convulsifs de la panthère blessée !

— Moi, je te réserve une surprise...

— Moi aussi...

— Tu verras ! Tu verras !...

Elles faisaient tintinnabuler les colliers de leurs seins nus, aux pointes avivées de fard, glissaient mollement, les orteils écartés par les chatons des bagues, les chevilles lourdes d'anneaux et de gemmes. Une odeur indéfinissable, chaude, tenace, vanillée et poivrée se détachait d'elles, et leur peau luisait comme de l'or sous la transparence nacrée des écharpes.

Trois petites de six à sept ans, qui ne se quittaient pas, le harcelaient plus que les autres, essayaient de lui passer aux bras et aux jambes des liens de roses.

— Nassudamy, prends-nous toutes les trois, nous sommes sœurs et vierges encore... Tu nous feras un peu souffrir, et ce sera plus amusant...

En riant, elles lui jetaient des pétales rouges, arrachaient leurs voiles pour montrer leur frêle nudité, leur gorge unie de fillettes impubères, leurs flancs étroits.

Doucement le charmeur les repoussa.

— Gardez-vous pour les brahmes qui aiment les feuilles en bourgeons et les fleurs non écloses.

Mais elles firent la moue.

— A quoi bon, puisqu'ils n'ont plus la force de violer le mystère des calices ?... Les brahmes ont passé l'âge des larcins d'amour... Toi, tu es jeune, tu es beau, ton corps est souple, fort, fait pour l'étreinte et la caresse, tes yeux sont comme deux étoiles dans un ciel d'orage... Nous t'aimons...

— Pourquoi ne veux-tu pas, Nassudamy ?... Tu ne sais pas ce que tu refuses !

— Nous t'avons apporté du vin de lotus et des gâteaux de miel...

Le fakir, dédaigneux, s'éloigna, sans répondre. Alors, les petites, dépitées, offrirent leur miel aux singes.

XI

DEMI-CONFESSION

— Suis-je jolie, ainsi ?...

— Tu es semblable à un rayon de lune sur le miroir des eaux sacrées !...

Matou-Mahli, agenouillée devant Via-malah, après lui avoir fait les ablutions coutumières, polit légèrement l'agate rose de ses orteils, enroule à ses jambes fines des guirlandes de jasmin, mêlées de perles, qui s'épanouissent en trois touffes glorieuses sous la fibule d'émeraude de sa ceinture, posée très bas. Ses seins mignons, dont les bouts supportent deux scintillantes étoiles de diamants, se dressent orgueilleusement au-dessus de l'étroit corselet de pierreries et ses cheveux noirs, déroulés, luisants et lourds, lui font un manteau royal qui rejette fièrement sa tête en arrière.

— Fais entrer Achilgar.

Achilgar, tremblant de bonheur, est déjà devant elle.

— Achilgar, je veux te parler.

Il s'inquiète de son ton solennel, remarque avec surprise la cernure étrange de ses longues paupières...

— Qu'as-tu, Viamalah, cher Sourire, petite Fleur de Comète ?...

— J'ai... j'ai...

Elle balbutie, confuse, au souvenir du rêve voluptueux qu'elle a fait, du rêve qui l'a pénétrée, quoique vierge, de la plus profonde des caresses.

Achilgar sent au cœur le tenaillement de la jalousie. Vaguement, mais douloureusement, il pressent une trahison possible.

— Explique-toi, dit-il. Qu'as-tu fait depuis notre dernier entretien ?...

— J'ai prié les dieux de me venir en aide.

— Cela seulement ?...

— Oui, je le jure ! mais les dieux m'ont accablée, car ils s'opposent à notre union... Ils sont injustes et cruels.

Achilgar respire, préférant la haine des dieux à l'amour d'un homme.

— Tu as dû te méprendre. De quelle manière ont-ils manifesté leur ressentiment ?

— En me donnant des songes extraordinaires...

— Des songes effrayants ?...

Viamalah soupire, baisse la tête, mordille nerveusement la tige d'un lis.

Le jeune homme reprend, pour dire quelque chose, l'âme pleinement rassurée :

— Les rêves n'ont pas d'importance...

— Tu crois ?... Même ceux qui nous initient aux... joies d'amour ?...

— Certainement. J'autorise les rêves, mon aimée ; je les appelle, s'ils sont agréables aux dieux...

— Alors, tu ne crains pas ?...

— Je ne crains rien.

— Tu veux m'épouser quand même ?...

— Plus que jamais... La vierge qui sait tout et se fend au baiser, comme la fleur à l'abeille, est la plus adorable des maîtresses...

XII

LA POSSÉDÉE

— Achilgar, ne m'as-tu pas proposé de t'unir secrètement à moi avant les fêtes consacrées, toujours si longues pour les gens de notre caste ?...

— Oh ! tu consentirais !...

Le jeune homme, affolé, la contemple avec ravissement, n'osant croire à tant de joie.

Viamalah, les lèvres sèches, les yeux brillants de fièvre et de désir, continue d'une voix rauque :

— Je devais te dire mon rêve... Il me poursuit, il me hante ! Je veux lui échapper, comprends-tu ?... Alors, puisque tu sais tout et que tu consens... soyons heureux l'un par l'autre... Va, mon aimé, va chercher dans la maison du brahmane le feu consacré. Pendant ton absence je répandrai sur la terre l'herbe kousha, selon le mode des *Gandharbas* ou des *Vampires de Manou* : de cette façon notre mariage sera indissoluble... Va, mon aimé, hâte-toi...

Viamalah, seule, secoua ses lourds cheveux, et regarda son poignet, car il lui avait semblé sentir une pression légère du bracelet maudit. De nouveau elle tenta de le détacher, mais la chaînette, comme la première fois, résista à tous ses efforts. Terrifiée de sa solitude, elle appela Matou Mahli qui accourut, docile.

— Matou, je me donne à l'amant que j'ai choisi.

— Tu te donnes ?... Et quand ?...

— Dans un moment.

— Tu espères ainsi échapper au charmeur ?...

— Je l'espère... Couvre-moi de roses rouges, allume les algues pâles dans le trépied d'argent et sème sur le sol les herbes sacrées.

La jeune fille s'étendit sur des coussins, et la suivante, l'ayant entièrement dévêtue, lui noua simplement autour des reins un cordon de roses pourpres, versa sur sa tête des parfums mêlés de poudre d'or.

Viamalah fermait les yeux, s'abandonnant. Mais elle reprit :

— Frotte-moi encore de ces baumes aux effluences subtiles et fraîches. Teins-moi l'intérieur des mains de vermillon, passe de l'antimoine au bord de mes paupières et allonge mes sourcils avec ce mélange de gomme, de musc et d'ébène, qui fait si bien sur ma peau ambrée... Il ne faut pas que l'amour d'Achilgar faiblisse et que la réalité soit inférieure au rêve... au beau rêve que j'ai fait !

— Quel rêve ? demanda Matou, que les yeux brillants de la petite inquiétaient.... Je sais que les rêves ont une très grande importance... Si tu le désires, je t'expliquerai le tien.

— Inutile, Matou, il portait son explication en lui-même. Et Viamalah, de nouveau, abaissa ses sombres paupières sur l'extase évoquée.

Elle était nue, souple, mince et potelée, la gorge droite et pure, étoilée, au bout des seins, de corolles de diamants, maintenus par de minces chaînettes. Ses hanches s'arrondissaient mollement au-dessus des jambes fuselées comme des colonnettes d'or pâle. Les essences flottaient autour d'elle, s'évaporaient de sa chair en bouffées tantôt agiles et tantôt lourdes.

Achilgar rentra avec un réchaud contenant le feu consacré aux dieux : il y jeta une poignée de poivre de Chaba, un peu de la racine de l'uchala et de l'hédysarum, puis, il offrit à la jeune fille une coupe de lait additionné de jus de fenouil et fouetté de trois œufs de moineau. Quand elle eut bu, il prit, sur sa langue, une bamboula (noix et feuille de bétel) et la lui présenta ainsi, agenouillé devant elle. Leurs lèvres communièrent, et ils se chuchotèrent des mots d'amour. Il la prit alors contre lui, baisa ses cheveux, son front, ses yeux mystérieux, ses oreilles délicates, lentement, comme on savoure une friandise longtemps convoitée. Son ardeur grandissait de ces menues caresses, faisait battre ses tempes, et s'il se retenait de la posséder brutalement, c'était pour prolonger et raffiner son plaisir.

Elle le regardait, charmée de se sentir aimée si complètement et selon les vœux de la nature. Ce qu'elle avait ressenti, sous l'influence du yogui, ne pouvait être que l'effet d'évocations dangereuses, de maléfices. Un frisson la parcourait au souvenir de ces voluptés singulières, presque douloureuses dans leur acuité. Achilgar était l'amant grave et passionné que toutes les femmes souhaitent, l'amant assez tendre et assez habile pour ne jamais faire sentir l'orgueil dédaigneux de son triomphe.

Il la gardait contre sa poitrine, sentait frémir ses flancs ; la chaleur de son corps, frotté d'onguents aux senteurs véhémentes, l'envahissait, exaspérant son envie de la prendre, de la faire sienne irrésistiblement. Il soulevait l'étoile de ses seins pour y poser ses lèvres, arrachait le lien de roses qui cachait la douceur de son sexe, les doigts fous, tremblants, irrités des obstacles.

Viamalah semblait morte, immobile dans les pétales rouges, pareils à des gouttes de sang.

Il admirait, émerveillé, éperdu de sensations rares, les seins érigés et turgescents, coupelles d'ambre, renversées sur l'autel de volupté que présentait son corps charmant. La chair ferme de la fillette rebondissait sous sa bouche, il la parcourait toute, surpris de cette perfection de formes, impatient de joie ardente, affamé de caresses liliales. Quand il l'eut butinée, de-ci, de-là, comme une grande fleur immaculée, il essaya de déclore le calice de ses flancs : mais la jeune fille avait la rigidité du marbre. C'est en vain qu'il l'appela des noms les plus tendres, soupira, gémit et se désola !... C'est en vain qu'il la couvrit de baisers et se meurtrit à vouloir la conquérir ; les jambes fines, allongées sur les roses, demeurèrent rivées l'une à l'autre, pas un muscle du corps virginal ne bougea.

Il reconnut alors qu'elle était en catalepsie.

XIII

POUR CONJURER LES PUISSANCES MALÉFIQUES

Viamalah se réveilla au milieu des lamentations de ses favorites Gloire de la Lune, Rayon de Miel, et Parfum céleste, qui se roulaient à ses pieds comme de petits chats affectueux.

— Le Rêve, dit-elle, encore le Rêve !...

— O Viamalah ! Fleur de Comète ! Rosée divine ! Pétale de Lis ! beauté sans tache, qu'est-il donc arrivé ? demandèrent les mignonnes, en lui prenant les mains...

— Ton fiancé Achilgar a traversé les terrasses en courant, et il a raconté à ton père que tu étais possédée des mauvais esprits !...

— Moi, possédée ?... Pourquoi ?...

— Parce qu'il n'a pu accomplir le sacrifice d'amour que tu désirais comme lui, et que tu es demeurée insensible aux plus ardentes caresses... Le réchaud était là, pourtant, tout rouge du feu sacré, car le brahme avait béni votre union.

Viamalah, silencieuse, contemple le bout de son pied nu teinté de carmin.

— Il faut te soigner, reprend Gloire de la Lune.

— Chercher un médecin, appuie Rayon de Miel.

— Ou un exorciseur, risque Parfum céleste.

— Un exorciseur ?...

— Bien sûr ! Quand nous sommes entrées, une flamme bleue voltigeait sur ta tête, ce qui indique la présence des *Rakshasas*, démons ironiques !

— Moi, j'ai vu des chacals verts se cacher derrière les tentures, c'étaient certainement des *Pishasas* et des *Asuras*, esprits sournois et maléfiques !

— Moi, je crois que le galant, trop ému, n'a point été à la hauteur de sa mission.

— Que dis-tu donc, Gloire de la Lune ?...

— Je dis que le bel Achilgar n'a point fait honneur à ses engagements... Comprenez-vous ?...

— Serait-ce possible ?... Un garçon de si fière mine et de si haute réputation !

— Il peut avoir rencontré un cheval pie sur sa route, chacun sait que cela porte malheur !

Et les petites de rire comme des folles, oubliant leurs larmes récentes.

— Tu ne sais pas, Viamalah ?... il faudra lui faire prendre du poivre de Chaba.

— Ou des gousses de premna spinosa.

— Tu pourrais aussi le fustiger avec des liens de roses...

— On lui chatouiller les talons avec une plume d'oiseau-mouche.

Viamalah soupire, les lèvres gonflées.

— Je ne sais, j'ai dormi, sans doute, et mon sommeil était étrangement voluptueux.

— Tu rêvais que ton fiancé Achilgar te caressait peut-être ?... demande Gloire de la Lune, avec intérêt.

— Ce ne serait que demi mal, fait remarquer Rayon de Miel, car, enfin, du moment que tu lui as appartenu, que ce soit en songe ou en réalité, il y a tout de même eu du plaisir pour toi !

— Il n'était point question de mon fiancé, avoue la jeune fille avec lassitude... Mais, laissez-moi, je veux réfléchir, peser les choses... tâcher de prendre une résolution... Toi, Parfum céleste, berce mes pensées par le chant du Cocila...

La jeune fille, à la minuscule bouche de corail rose, prit son rebab, et préluda par une cascade de notes légères et bourdonnantes, quelque chose comme le frisselis du vent dans les branches ou le murmure irrité des vaguelettes contre les récifs. Puis elle chanta d'une voix faible et monotone :

Le Cocila m'a montré la route d'amour...
J'attends l'aimé, impatiente et craintive,
Toute ma chair se tend vers lui,
Comme s'il était l'astre du jour.
O mon amant, pénètre-moi !...

Achilgar, cependant, était revenu s'étendre aux pieds de Viamalah, car un homme vraiment épris ne saurait se buter aux obstacles. Les obstacles stimulent les coursiers fougueux qui ne reculent que pour mieux prendre leur élan.

— Je sais ce que c'est, dit-il, les dieux désirent que nous nous unissions en grande pompe, et ils se sont irrités du peu d'éclat de la cérémonie... Marions-nous d'une façon digne de notre naissance et de notre tendresse. Le veux tu, Sourire de Smara, Pétale de Tubéreuse, Rosée de Nénuphar ?...

— Hélas ! soupira-t-elle.

— Oui, marions-nous, mon amante jolie !... escortés de trois cents éléphants, de cinq cents chameaux et de toutes les bayadères du temple de Siva !

— Les bayadères !

— Si, après cela, les divinités nous gardent rigueur, c'est qu'elles seront bien difficiles !

XIV

NOSTALGIE VOLUPTUEUSE

Viamalah, durant deux jours, ne quitta pas ses appartements. Elle restait les yeux grands ouverts, obstinément fixés dans le vide, immobile, figée par l'horreur d'une idée fixe ; puis, elle sentait cette idée elle-même, se brouiller et se perdre dans un cauchemar. Alors, malgré les chants légers de Parfum céleste et les câlineries félines de Rayon de Miel, elle tombait dans un sommeil nerveux plein de visions terrifiantes.

Les petites, inquiètes, s'interrogeaient du regard, n'osaient se livrer à leurs jeux coutumiers, se parer de fleurs et brûler de l'encens en l'honneur des idoles voluptueuses.

Parfois, Viamalah se réveillait brusquement, comme si quelqu'un eût crié auprès d'elle. Elle prêtait l'oreille : Rien, pas un frôlement ne faisait bruire l'étoffe soyeuse des draperies ; les mignonnes suivantes dormaient aux bras l'une de l'autre, montrant leur nudité fluette baisée, çà et là, par la lueur froide d'une gemme égarée... Des lèvres entr'ouvertes sortait un souffle régulier, les paupières, à demi baissées sur l'extase du rêve d'avril, voilaient imparfaitement l'étoile double du regard.

Viamalah, alors, pleurait silencieusement, se meurtrissait la poitrine aux chatons de ses bagues, suppliait les dieux de l'inspirer, de lui venir en aide. Pourtant, aucune lueur ne se faisait en son esprit troublé. Elle appartenait d'esprit à Nassudamy, et de cœur à Achilgar. Le premier la dominait, le second la charmait... et elle craignait, en désobéissant à l'un, de faire le malheur de l'autre.

Ainsi préoccupée par l'unique pensée de son amour perdu, elle accueillait cependant les espérances informulées qui luisaient en elle. Dans ses souvenirs, dans sa vie morte, dans l'ombre de sa jeunesse elle marchait et roulait, écoutant et regardant toutes choses comme un présage tantôt bon, tantôt mauvais. Ses dé-

sirs, quoi qu'elle fît, se heurtaient autour d'un désir toujours fixe, et elle tremblait de ne pouvoir se vaincre. Elle se rongeait comme une lionne dans sa cage, remuait mille projets extravagants qu'elle abandonnait ensuite avec lassitude.

Achilgar hâtait les préparatifs du mariage, jetait l'or à pleines mains pour que la fête fût vraiment royale. Jamais tant d'invitations n'avaient été lancées, même pour la fille d'un rajah, et on comptait que le défilé durerait plusieurs heures.

Pourtant, le jeune homme, en présence de sa fiancée, savait éteindre le feu de son regard, ne tentait pas une caresse, dans la crainte de déplaire à Siva.

— Mais quand nous serons unis, devant les hommes et devant les dieux, disait-il, oh ! alors, mon Lotus brun, nous rattraperons superbement le temps perdu !

Et elle, les yeux baissés, les mains fiévreuses, répétait d'une voix faible :

— Quand nous serons unis...

XV

HYMÉNÉE ! HYMÉNÉE !

Les habitants des quartiers lointains accourent en agitant des palmes, les enfants rient et se bousculent, montent sur les arbres pour mieux voir le défilé de la noce princière, tandis que les jeunes filles adressent, tout bas, des vœux à la déesse Dourga qui, en ce jour de liesse, ne saurait rien leur refuser.

Les sons d'un orchestre barbare, ponctués par les cymbales et les tambourins, se rapprochent, la rumeur de la foule ondule et s'accroît comme un roulement de tonnerre. Voici, tenant la tête du cortège, les musiciens habillés d'indigo et de jaune, puis un grand nombre de chevaux, harnachés de larges plaques d'argent ciselé, avec des housses cramoisies rehaussées d'or et des colliers de perles. Chaque étalon, à sa fière encolure, à la longue queue flottante, est conduit en main par un serviteur indigène qui porte les couleurs de son maître.

Après la troupe hennissante viennent, dans un frissonnement de soie, d'amulettes, de fleurs, de paillons, de gazes et de plumes, des vierges frêles aux longs yeux de velours, portant, sur leurs épaules, des claies enrubannées et filigranées d'or, couvertes d'idoles bénisseuses ou terribles, de monstres aux prunelles glauques. Quelques-unes élèvent, au-dessus de leur tête, des gâteaux de miel en forme de mitres, des buires de cristal contenant des vins de jujubier et de lotus, des bannières d'or endurcies comme des vitraux. Il y a aussi, dans des paniers fleuris, des vases de toutes formes emplis de parfums, des coffrets incrustés de chrysobéryls et d'œils de chat, des cassolettes d'agate, de sardoine et de tourmaline, balancées au long des chaînes par les doigts nonchalants des fillettes. C'est l'archipel des mousselines, où l'encens déferle en petites vagues bleues, et le chant des bouches demi-closes ressemble au murmure lointain des flots. Les favorites de la mariée, Gloire de la Lune, Rayon de Miel et Parfum céleste portent, sur des coussins de jasmins et de roses, les présents d'Achilgar à sa bien aimée. Ce sont des colliers inestimables, des épingles de cheveux, des agrafes d'épaules, des fibules de taille, larges comme des carapaces de tortues, des bracelets de poignets et de chevilles, des diadèmes et des ceintures.

Entre les chars dorés des hautes idoles, qui président à ces magnificences, de beaux enfants complètement nus, mais peints de couleurs tendres et tatoués de paillettes collées à même la peau, puisent, sans cesse, dans les corbeilles, des pétales de lis et de roses qu'ils jettent à pleines mains sur les spectateurs. Ils sont, eux-mêmes, enchaînés les uns aux autres par des liens de feuillages qui leur entourent les cuisses, et sautillent tout le long du chemin.

Voici des cavaliers sikhes, vêtus de draps d'hyacinthe et de pourpre, caracolant sur leurs chevaux noirs aux folles crinières tressées de corail, aux oreilles ornées de pompons, au front surmonté d'une aigrette de pierreries. D'autres, très belliqueux, ont des cottes de mailles et des brassards ; quelques-uns, plus parés, portent de longues plumes sur leurs casques, des oiseaux de nuit aux ailes éployées. Quelques guerriers, à la peau sombre, gardent le torse nu tatoué de dessins bizarres au blanc de céruse et au bleu de cobalt, avec une fourrure de léopard autour des reins. Des invités de marque montent des éléphants dont les chabraques et les haoudairs, indurés de cabochons de topazes et d'escarboucles, semblent des morceaux de soleil.

— Aya ! Aya ! crie le peuple, en agitant les palmes vertes en signe d'allégresse.

Maintenant, c'est le tour des élégants de Bénarès et des bords du Gange. Ils portent des voiles soyeux, comme des femmes, et s'enveloppent de gazes aux nuances délicates, retenues par des camées de grand prix ; mais ils gardent aux doigts le gourgouri (petite pipe qu'ils portent nonchalamment à leurs lèvres). Les Akalis, vêtus de couleurs sombres, ont de hauts turbans ornés de poignards ; ils sont suivis par des chefs sauvages Afghans, balancés sur leurs immenses chameaux à houppettes de laine rouge frangées de grelots tintinnabulants.

C'est une cohue inouïe, un pêle-mêle fantastique d'hommes, de chevaux, de divinités flamboyantes, de monstres terrifiants couverts d'or et de pierreries, que nulle description ne saurait rendre !... Et, dans ce rêve de haschich ou de morphine, Viamalah, sur un cheval sikhe colossal blanc, qui a les jambes peintes en rose jusqu'aux genoux et un harnachement d'argent et de turquoises, attire tous les regards. Ses voiles sont si transparents qu'ils paraissent, non la couvrir, mais glisser sur elle comme une eau cristalline. Deux étoiles de saphirs retiennent le tissu arachnéen de chaque côté de son front ; une ceinture lâche de diamants et de saphirs, sous le voile flottant, agrafe une jupe étroite en réseau de fines pierres bleues, ocellé de brillants et d'opales, qui semble la givrer d'un rayon lunaire. La peau ambrée de sa poitrine et de ses bras se voit entre les anneaux, les plaques, les cabochons et les pendeloques de ses joyaux, composés surtout de gemmes bleues et blanches. Elle semble irréelle comme une princesse de songe ; elle étonne et inquiète un peu par sa beauté mystérieuse et souffrante, l'éclat fiévreux

Les favorites montèrent sur la pointe des pieds les gradins de marbre qui conduisaient à l'appartement nuptial. (Page 37.)

de ses yeux crépusculaires qui lui mangent la face.

Mais elle a tressailli de la tête aux pieds, et ses prunelles fixes ont chaviré d'angoisse, car elle a reconnu, au premier rang de la foule, Nassudamy qui semble la défier et lui ordonner de le suivre. Les mains de la jeune fille ont eu un mouvement brusque, se sont crispées à la crinière du grand cheval qui fait un écart, se cabre, hennit de colère. Des serviteurs s'élancent à la bride de l'animal, le maîtrisent et l'entraînent.

Le cortège, un moment stationnaire, reprend sa marche pompeuse. C'est, à présent, le tour des bayadères en pantalons collants et corselets étroits qui agitent des banderoles roses, blanches, mauves en tournant gracieusement. Elles ont le dessous des yeux doré, le nez, le front et les tempes si chargés de pierreries, qu'il est difficile de distinguer leurs traits. Leurs jambes et leurs mains portent des écailles de petits miroirs juxtaposés : elles sont fines et luisantes comme des scarabées. Quelques unes ont des vinâs, des tals et des flûtes de macabou. D'autres chantent d'une voix aiguë un hymne au dieu d'amour.

Achilgar suit de près sa bien aimée, monté également sur un cheval blanc de noble race et de fière allure, couvert d'une mosaïque de gemmes. Son manteau azuré, retenu sur son front à un bandeau d'or constellé de diamants, pend, derrière, jusqu'aux sabots de son cheval, se confond de loin avec la couleur du ciel. Au-dessus de sa tête, s'étend un dais orné de lourdes franges, que des capitaines, à cothurnes et à jambières d'acier, portent triomphalement. Derrière lui, de chaque côté, marchent deux longues théories de soldats, et le défilé se termine enfin par la cohue des parents et des invités, montés sur plus de huit cents éléphants !

Dans l'Inde l'éclat du mariage est le grand orgueil, la folie vaniteuse des classes riches. Cette cérémonie occupe une place prépondérante dans les annales de la famille. Achilgar, pour apaiser les mauvais génies et attirer sur lui la bienveillance des dieux, avait voulu faire royalement les choses ; d'ailleurs, sa fortune le lui permettait.

XVI

ENCORE LE LINGAM

Maintenant, sur les terrasses de grès rose et de marbre de Radjpoutana, les tables sont prêtes, et les invités ont l'évident désir de faire honneur aux mets. Les jardins sont sillonnés d'allées touffues où s'égarent les vierges, deux par deux. De distance en distance, des corbeilles étalent des fleurs pressées, ardentes, fiévreuses, chaudes encore des baisers du soleil, qui alternent avec des idoles de bois ou d'airain, des bêtes fantastiques, langues dardées, griffes tendues, et de monstrueux lingams de pierre. Une pluie odorante, une poussière diamantée retombe des jets d'eau dans les vasques de porphyre ou se disperse dans l'air, emportée par la brise des grandes flabelles, sans cesse agitées par les jeunes filles. Celles-ci portent des écharpes à fond d'or, sur lesquelles se détachent des personnages brodés finement avec des soies de couleurs vives ; une couronne de jasmin entoure leur front.

Les convives ont fait des libations avec du lait et du vin miellé, ils ont parfumé leurs cheveux et baisé la grande idole de Dourga qui préside au festin. Les singes, du haut des arbres, semblent comprendre l'allégresse générale et poussent des cris bizarres, en imitant les gestes et les mines des assistants ; des guenons s'éventent avec des feuilles de bananier, dansent au son du tal et du malatan que des enfants frappent avec frénésie.

Sur de grands plateaux de jade on apporte des insectes, des fruits, des œufs au safran et au kurry, des pâtes véhémentes aux épices et aux fleurs. Voici, pour les étrangers qui goûtent aux viandes savoureuses, des chevreaux cuits au jus de plantes aromatiques, bourrés de gélinottes, des gigots de chamelles au cumin, des becfigues aux croupions dorés sur des tranches d'ananas. Les convives, entre chaque service, se lavent le bout des doigts dans des eaux de nèfle, de rose et de mélilot. Voici des hérons, des grues, des cygnes rôtis, des venaisons au verjus et à la coriandre, des plats véhéments au romarin, au basilic et au gingembre, des trompes d'éléphants farcies au miel, des pintades et des paons avec toutes leurs plumes, et, pour ceux très nombreux qui ne goûtent point aux viandes, des gâteaux de jujubes et de lotus, des beignets ques et des mets. Quelques buires d'or, finement ciselées, contiennent une liqueur épaisse chargée de cannelle et de musc, tiquetée de pierres précieuses et de perles pilées. C'est le vin des rajahs qui ne s'offre que dans les occasions solennelles.

de jasmins et de roses, du riz sous toutes les formes, des salades d'œufs au carvi, des confitures de fleurs, des racines confites au sucre ou au vinaigre, saupoudrées de cinnamome et de poivre. Les pyramides de fruits s'écroulent dans les tubéreuses, car les tables sont littéralement couvertes de pétales embaumés, disposés de façon à former des arabes

La nuit tombait, et les lignes de fleurs blanches, le long des terrasses roses, décrivaient de grandes paraboles comme des fusées de voie lactée. Les eaux du Gange clapotaient doucement, et la flamme des torches, portées par les serviteurs, tremblait, en s'y réfléchissant, sur les vaguelettes du bord. Les toits coniques des temples heptagones, les minarets, les dômes, les tourelles se découpaient sur le violet profond du ciel, et le toit d'or du temple de Dourga paraissait un bouclier formidable tendu vers les flèches des étoiles.

— Viamalah ! soupira Achilgar en entrant dans la chambre de l'aimée.

Elle l'attendait, anxieuse, impatiente.

— Comme tu as tardé, dit-elle, jamais le temps ne m'a paru si long !

Le jeune homme ouvrit la fenêtre.

— La fête commence à peine... Entends-tu les voix joyeuses ?...

— Oui, elles célèbrent notre bonheur. Je voudrais croire que la colère des dieux s'est détournée de nous ; mais de sombres pressentiments m'assiègent.

— Ne songeons plus qu'à notre amour... Si la bénédiction du brahme sur le feu consacré était insuffisante, il me paraît inadmissible que la magnificence de notre hymen n'ait point apaisé le ressentiment de Siva. Ne lui avons-nous pas sacrifié tout un troupeau de moutons, sans compter les dons princiers que nous avons faits au temple de Dourga ?

Viamalah, dans un mouvement brusque, jaillit de ses voiles arachnéens, comme un lotus d'or du mystère des ondes, ce qui n'était pas fait pour calmer la fringale amoureuse d'Achilgar. Elle ne prit point garde, cependant, à la lueur fauve qui darda ses prunelles et poursuivit d'une voix grave :

— La destinée des hommes est inconnue. Nul, malgré son adresse, ne saurait diriger l'existence à son gré. C'est une erreur de croire que la volonté seule arrive à surmonter les obstacles. En dernier ressort c'est la fatalité qui décide. Nous sommes aux mains des puissances jalouses comme les grains de riz aux mains des enfants.

Achilgar se troubla de la tristesse de l'aimée.

— Enfin, dit-il, en s'agenouillant devant elle, as-tu quelque raison d'inquiétude nouvelle ?... Parle sans crainte.

— Eh bien, je préférerais passer en prières cette première nuit.

— Nous prierons ensemble.

— Est-ce possible ?...

— Tu verras !

— Oh ! je crois que, malgré tes bonnes résolutions, tu tenteras de te rapprocher

de moi et que le charme mystique sera rompu.

— Pourquoi ?... l'amour n'est point désagréable aux dieux, qui ont pris pour emblème le yoni lingam.

En parlant, Achilgar avait mis la main sur le bijou que Viamalah portait au bras, et qu'il croyait lui avoir donné. Mais il poussa un cri de douleur, montra une petite blessure ronde d'où le sang tombait en gouttelettes pressées.

— Qu'as-tu donc ?...

— C'est ton bracelet... Tu as retourné le fétiche sur moi comme un poignard !...

— Je n'ai point bougé.

Désolée, elle étanchait la rosée pourpre avec ses lèvres, et le jeune homme, fou de désirs, contemplait la ligne harmonieuse de son dos, les fossettes de ses épaules et la courbure exquise de sa nuque inclinée.

— Viens, dit-il.

XVII

LA COROLLE QUI NE VEUT POINT S'OUVRIR

Comme il emmenait Viamalah vers la couche fleurie, les favorites montèrent sur la pointe des pieds les gradins de marbre qui conduisaient à l'appartement nuptial ; et, tandis que Rayon de Miel et Gloire de la Lune essayaient de surprendre, derrière une draperie, le mystère de félicité, Parfum céleste, assise sur ses talons, fredonnait pour elle les couplets du Cocila :

« Le Cocila m'a montré la route d'Amour. J'attends l'aimé, impatiente et craintive. Toute ma chair se tend vers lui, comme s'il était l'astre du jour. Ô mon amant ! pénètre-moi !

« Approche, approche ô bien aimé ! La fleur se dresse sur la rive ; les zéphyrs déjà la butinent ; mais, sur sa corolle lascive, elle veut sentir ton baiser. Ô cher amant, pénètre-la !

« Et le papillon vole, vole, vers le calice encore fermé. De son aile d'or il le frôle ; et de son aiguillon dressé ardemment il l'a caressé !

« La fleur pour sa vie est déclose, et

recueillera la rosée ; rosée de nuit, rosée de jour !... Le papillon bleu de l'amour, sur sa corolle s'est posé, et jusqu'au fond l'a pénétrée !... »

La mignonne s'interrompit.

— Que vois-tu, Rayon de Miel ?... Qu'entends-tu, Gloire de la Lune ?...

Les deux curieuses ne répondirent pas, et Parfum céleste, s'étant approchée, les écarta pour regarder à son tour.

— Oh ! dit-elle, la chambre est pleine d'une fumée épaisse.

— Ne dirait-on pas que des ailes pelucheuses effleurent les murailles ?

— Des yeux phosphorescents nous regardent...

— Et, là, là, sur la couche, une forme blanche...

Comme elles se penchaient, haletantes, le rideau fut violemment tiré, et Achilgar, sortant impétueusement, faillit les renverser.

Elles poussèrent un cri ; alors, se retournant, il leur montra, sur le lit couvert de tubéreuses et de roses mutilées, Viamalah endormie, Viamalah inerte et pâle comme une vierge sur son tombeau.

— Elle est glacée, gémit-il, et mes baisers les plus ardents n'ont rien fait pour moi ni pour elle !... La corolle est fermée et la fleur est intacte !... Que le feu de Siva la viole et l'anéantisse, puisque le désir d'un homme n'a pu la déclore !

Et, tête nue, les vêtements en désordre, Achilgar s'enfuit comme s'il avait entendu derrière lui le galop infernal des Rakshasas, des Pishasas et des Asuras !

DEUXIÈME PARTIE

I

LE MARI EST TOUT, LA FEMME N'EST RIEN

La plus importante affaire pour un Hindou, c'est le mariage. Un homme qui n'est pas marié est regardé comme sans état et inutile à la société ; il n'est point consulté sur les questions sérieuses de la religion et des arts, aucun emploi honorifique ou rémunérateur ne lui est confié. Celui qui devient veuf se trouve dans la même condition que le célibataire, et il s'empresse de se remarier bien vite, tandis que l'épouse inconsolable, à la mort de l'époux, est tenue de se sacrifier sur son bûcher ou de porter le deuil éternel... Ce deuil consiste en une seule bande d'étoffe, qui fait le tour de la taille, passe de droite à gauche, couvre un sein et tombe sans aucun ornement le long du corps dépourvu d'amulettes, d'agrafes, de colliers et de ceinture.

L'immolation des veuves hindoues remonte si haut dans le passé, qu'il n'est guère possible d'en fixer l'origine par des dates précises. Le premier feu de joie conjugal s'alluma dans la nuit des temps. On assure, toutefois, que cet usage fut établi par les brahmanes pour prévenir de trop nombreux empoisonnements des maris hindous. Le sutty, au lieu d'être une marque de tendresse éperdue dont puisse se flatter la vanité masculine, ne serait donc, au contraire, qu'une mesure préservatrice contre l'humeur vindicative ou fantasque de la femme. Pendant longtemps cette incinération obligatoire fut générale dans l'Inde ; c'est d'un pas ferme que l'on vit marcher au supplice les victimes fragiles, parées comme pour une fête d'amour, et les yeux brillants d'orgueil.

Si, avant le mariage, le fiancé témoigne à la jeune fille son désir par mille chatteries, mille offrandes empressées et prestigieuses, le mâle, après, reprend ses droits, affirme son pouvoir. Et la fillette, soumise, s'incline, heureuse de donner à un maître, souvent sénile et débauché, sa pensée unique, son corps soyeux, le calice frêle de sa beauté alliciante. Point nubiles, encore, elles partagent le bûcher d'un époux indigne et, chair contre chair, lèvres contre lèvres, demandent qu'on achève l'œuvre criminelle.

Un brahme brandit une torche, tandis que les parents jettent du menu bois aux pieds de la victime, des huiles aromatiques, de l'encens, des fleurs sèches qui activent le feu et sont agréables aux dieux iniques...

Viamalah avait perdu ainsi une de ses plus mignonnes amies, une enfant de sept ans qu'on avait vendue à un brahme septuagénaire, épuisé par les veilles et les plaisirs pervers. L'union, même, n'avait pu être accomplie, et la petite avait sacrifié sa virginité au dieu de pierre du temple de Kâma, en grande pompe, devant la foule curieuse. Puis, les dévédassi avaient recueilli, dans une corolle de lotus, le sang qui coulait jusqu'aux anneaux d'or de ses chevilles et l'avaient offert à l'idole impudique. La petite ne connut de l'amour que ce viol affreux, et mourut un an après dans les flammes, pour obéir à la volonté suprême de son époux.

Viamalah la revoit encore, toute fris-

...jouxtant sous l'onde transparente de ses voiles, les tempes et les joues si couvertes de pierreries que ses larmes mêmes ne pouvaient s'y frayer un chemin. Elle la revoit toute même, presque immatérielle, avec le sourire ingénu de ses yeux immenses et la vague sombre de ses beaux cheveux soulevés dans le vent. Ce fut cette chevelure qui flamba la première, tout d'un coup, monta sur le ciel bleu comme une fusée éblouissante.

Viamalah, dans la fournaise, avait jeté ses bracelets et ses bagues pour que sa petite amie ne souffrît pas trop, et elle n'entendit qu'un cri, un cri déchirant qui lui vrilla le cœur jusqu'à l'évanouissement.

Lorsque les dernières étincelles furent retombées, en crépitant sur le foyer refroidi, on recueillit les cendres des époux dans de petites urnes, et la garde entoura du bûcher dans la toute la nuit.

Parfois, le feu sacré ne brûle pas pour une seule, et cela est compréhensible dans un pays où la polygamie est toujours en honneur. La mort d'un homme entraîne souvent l'immolation de cinq ou six femmes, que l'on suppose, d'après une vanité masculine toujours surprenante, accorder exclusivement toute leur adoration à un mari qui ne daigna leur rendre que de menus suffrages.

Un très vieux brahmane, il n'y a point si longtemps, avait laissé quarante-deux veuves, variant entre cinq et douze ans, et, pendant quatre jours, les flammes voluptueuses, avides de tant de chairs lilales, dansèrent une ronde folle autour du festin d'amour, montèrent en langues ardentes le long des corps fluets imbibés d'essences, gemmés des talons aux sourcils, semblables, sur les branches du bûcher, à de merveilleuses corolles de pierreries.

Ajil, prince de Marwar, laissa vingt-huit reines, et toutes résolurent de périr dans les bras d'Agni, le dieu du feu. Étroitement enlacées, demi-nues, avec un diadème de brillants dans leurs cheveux de ténèbres, elles se jetèrent dans les flammes qui jaillirent jusque dans les nues avec un tel éclat que les assistants crurent en être aveuglés.

Cette hécatombe fameuse fut présidée par les enfants des victimes, qui ne cessèrent de bondir et de chanter, en donnant l'exemple d'une vive allégresse.

Viamalah, épouse sans mari, maîtresse sans amant, se laissa aller à de mornes réflexions après la fuite d'Achilgar. Bien des femmes, se disait-elle, avaient souffert par leur mari, mais un cas aussi singulier que le sien ne s'était, certes, jamais présenté. Chaque heure lui apportait une angoisse nouvelle, et demain lui apparaissait plein de menaces.

II

ENTRETIEN AVEC UN MOURANT

Achilgar, pourtant, était encore plus malheureux que Viamalah. En se retrouvant au bord du Gange, seul, l'âme pleine d'épouvante, il s'était dit que Viamalah ne l'aimait pas, et que de là venaient toutes ses tortures. Aimer ne suffit pas, il faut savoir enseigner l'amour et se faire aimer comme on aime. Toutes les créatures terrestres ont des sens et cherchent la volupté, mais l'homme n'est vraiment digne de ce nom que s'il associe le sentiment à la sensation, mêle à l'acte charnel un peu de l'essence divine qu'il a en

lui. Les amants passionnés n'éprouvent une joie réelle que dans la conscience d'une tendresse réciproque, et le baiser du cœur vaut mieux que celui des lèvres.

Achilgar, dans ses souvenirs, dans sa vie morte, dans l'ombre de sa jeunesse, marchait douloureusement, dédaigneux maintenant des présages bons ou mauvais. Il s'était rendu au bord du Gange, et s'abandonnait à un désespoir où se réunissaient toutes ses amertumes, toutes ses tristesses. Il pensait que Viamalah était sous l'influence des esprits, ou qu'elle en aimait un autre à qui elle s'était donnée, et cette idée lui causait une peine

si aiguë qu'elle le paralysait, là, devant cette eau mystérieuse où tant de crimes s'étaient mirés. Le mortel frisson de la jalousie et la révolte de la trahison lui donnaient, par moments, des idées de meurtre. Puis, une résolution soudaine lui fit relever la tête et il reprit sa course dans la direction du temple de Dourga.

La nuit était fraîche, une de ces nuits des Indes si différentes parfois des jours, où la caresse du soleil est presque douloureuse d'intensité. Le vent soufflait, très âpre, des Himalayas, les étoiles brillaient dans un ciel profond d'outre-mer, comme des jours de givre.

Achilgar se hâtait le long des terrasses blanches. Les palais apparaissaient, capricieux, avec leurs tourelles et leurs dômes dorés, leurs façades peintes de couleurs tendres. Il y avait, parfois, des buissons de mimosas fleuris, secouant leurs grappes odorantes, et les marches des constructions se détachaient, malgré la nuit, sur le rideau des palmiers, des bambous et des eucalyptus. Des jets d'eau bruissaient sous les feuilles, envoyant, dans la brise, des aromes de terre et de fleurs.

La douleur du jeune homme n'était plus de celles qui agissent et se débattent. Il était las de lutter, las d'espérer des choses irréalisables. Devant une sorte de pagode particulièrement vénérée des désespérés de la vie, de ceux qui cherchent dans le Gange la fin de leurs soucis et la sanctification du suicide, il se coucha sur le sol, et contempla les ondes glauques, avec la ferme résolution de s'y engloutir. Il gisait, le menton appuyé sur ses mains ; de grosses larmes tombaient entre ses doigts, glissaient dans le sable, y faisaient des petites taches sombres que le vent effaçait aussitôt.

Comme il s'engourdissait dans son chagrin, une troupe de pèlerins passa près de lui, suivant un brahme qui récitait les hymnes du Véda. Devant une idole gigantesque à trois visages représentant Brahma, Vichnou et Siva, la trimourti sacrée que des guirlandes de jasmins ornaient déjà, le prêtre alluma le feu, à la manière védique, par la friction des Aranis, l'activa de son souffle de toute la force de ses poumons, l'arrosa d'huile aux effluences vives, et y jeta des herbes, des grains de riz et des fruits secs que les pèlerins lui offraient dans des jarres bleues et rouges. La flamme crépitait, s'inclinait, fantasque, dégageait un brouillard mauve musqué qui voilait les visages.

les jeûnes. Ils paraissaient calmes, et, pourtant, un feu sombre brillait dans leurs prunelles de sortilège, et leur face se figeait dans un désir morbide qui donnait le frisson.

Quand ils eurent terminé leurs pratiques singulières, ils se prosternèrent une

visages. Deux chèvres et un bouc reçurent de précises instructions du sacrificateur, qui leur parla longtemps à l'oreille, puis offrit leur sang à l'idole noire, au milieu des chants et des cris.

Achilgar regardait ces hommes décidés à mourir comme lui. Ils étaient minces et voûtés, avec des nez aquilins, très purs. Quelques-uns avaient la peau pâle, d'autres gardaient sur eux comme l'ardeur du désert. Tous étaient experts dans les stratagèmes religieux, les disciplines et

dernière fois et entrèrent dans l'eau.

Pourtant, s'ils voulaient mourir, ce n'était point d'une façon simple et rapide, car leur sacrifice n'eût point été agréable aux dieux. Il fallait, pour être digne des puissances maléfiques qu'ils servaient, faire durer l'angoisse du suicide, et, par d'ingénieuses imaginations, se montrer supérieur aux autres.

Quelques-uns se crevèrent les yeux et flottèrent à l'aventure, la tête maintenue hors de l'eau par un carcan de liège ;

d'autres s'ouvrirent les veines, laissant derrière eux de minces filets de pourpre ; les derniers s'attachèrent d'énormes cruches sous les bras et, par petits mouvements brusques, les remplirent lentement, soutenus, d'abord, puis entraînés au fond de l'onde.

Achilgar s'approcha d'un de ces fanatiques, qui rougissait, au feu de l'autel, une longue aiguille pour s'en percer le sein.

— Avant de mourir, je voudrais te demander un conseil ?... dit-il.

— Parle, mais dépêche toi, car j'ai hâte de connaître les exquises tortures qui me permettront d'approcher les divinités de la trimourti.

— Je serai bref. Comme toi, je veux mettre fin à mes jours.

— Pour un Dieu ?

— Non, pour une femme.

Le pèlerin sourit avec mépris.

— Une femme !... tu es assez faible pour souffrir par une femme et tu te mêles à notre troupeau glorieux !

Le jeune homme baissa la tête avec confusion.

— Une femme ! un être fantasque, inconscient ! une oiselle qui se lisse les plumes, du soir au matin ! une chèvre qui saute de buisson en buisson, avide de parfums et de friandises...

— Mais...

— La femme a été donnée à l'homme pour son plaisir ; il ne lui doit rien, et peut en disposer comme des plantes et des bêtes...

— Pourtant...

— Une femme !... De quelle religion es-tu donc pour prendre au sérieux cet être fragile et pervers, comme tout ce qui n'est fait que pour la joie des yeux ?... Tu n'es d'aucune religion, mon fils, car toutes nous enseignent que l'homme seul est le maître, car il est le plus fort !...

— C'est vrai... Je suis bien jeune, encore, et très ignorant... Pourtant, je reconnais que les religions ne sont d'accord que sur ce point : La femme est la servante de l'homme.

— Alors ?...

— Je ne puis posséder celle que j'aime !

— Prends la de force...

— C'est impossible !

— Epouse-la.

— C'est fait.

— Je ne comprends plus... Tu es jeune, beau, souple et vigoureux...

— Une puissance supérieure à la mienne la protège.

— Quelle puissance ?...

— Je ne sais.

Le yoguy fit grésiller sa chair avec sérénité, tourna et retourna l'arme aiguë dans la plaie, et, comme Achilgar reculait, offensé par l'âcre odeur de peau brûlée :

— Tu n'es point digne de mourir, puisque tu te troubles pour si peu de chose... Vois, le sang coule ; profondément j'ai labouré mon corps, et, cependant, je ne ressens qu'un inexprimable bien-être. Veux-tu, aussi, essayer ton courage ?... Tiens, cherche mon cœur, et va doucement, il faut retarder le plus possible le spasme suprême.

Achilgar présenta à la flamme la longue épingle d'or et, cherchant, sur la poitrine du fanatique, la place où hoquetait le cœur, épuisé, déjà, voulut le piquer, comme un gros papillon rouge dans sa prison étroite ; mais sa main trembla, il ferma les yeux et perdit connaissance.

III

OURVASI LA VENDEUSE D'OUBLI

Quand il reprit ses sens, aux pieds de l'idole gigantesque de la trimourti sacrée, le feu achevait de se consumer sur les aromates, auprès des corps ensanglantés du bouc et des chèvres. Quant aux pèlerins, quelques-uns flottaient encore à la dérive, les yeux extasiés, laissant s'échapper de leurs lèvres bleues un dernier hymne à Siva avec un dernier râle.

Le jour commençait à paraître, et le jeune homme, titubant comme au sortir d'un songe d'opium, reprit le chemin de sa demeure. Mais, fuyant le fleuve, il pénétra dans les rues étroites, pleines de femmes se rendant au temple de Bischichar-Kumardil. Elles étaient à demi nues avec des sourcils allongés jusqu'au milieu du front, des lèvres rouges de bétel et des

L'une d'elles s'approcha d'Achilgar et lui dit deux mots à l'oreille. (Page 47.)

narines chargées d'anneaux aux gemmes brillantes. L'une d'elles s'approcha d'Achilgar et lui dit deux mots à l'oreille.

— Oui, fit-il avec lassitude, pensant trouver dans ce simulacre d'amour un remède à sa souffrance.

— Où ? demanda-t-elle, chez toi ?...

— Non, marche devant, je te suivrai...

Docilement, elle prit de l'avance, faisant rouler ses hanches sous une écharpe de gaze légère et sonner les bracelets de ses chevilles. Ses longs cheveux, mêlés de corail, tombaient jusqu'à ses genoux, et elle avait des yeux de velours sombre, largement fendus sous des sourcils minces. Elle n'était point de Bénarès, et passait pour très instruite en la voluptueuse science. Sans doute, revenait-elle de quelque fête, et désirait-elle faire offrande à Bishichar-Kumardil des ivresses prochaines.

Ourvasi (ou la nymphe) était fière de son corps et en avait le droit. Ses seins étaient fermes et harmonieusement arrondis autour du bouton d'ambre rose, sa taille était mince, et ses flancs puissants pour mieux donner et recevoir. A ses jambes fines s'enroulaient des fils de perles, mêlés de fleurs rouges, et, sous la transparence de sa ceinture, d'autres corolles ardentes, en bouquets plus touffus, s'épanouissaient.

Achilgar ne parlait pas, mais il marchait derrière Ourvasi qui se retournait souvent pour lui sourire, toute fière de la matinée d'amour que lui promettait cette flatteuse conquête. Par les venelles sombres et bizarres, dans l'amas compact et confus des maisons de briques, des huttes de boues et de roseaux, des petits temples coniques peuplés de brahmanes, de singes et de taureaux sacrés, elle le conduisit vers sa demeure. C'était, tout au bout de la ville, une construction basse barbouillée d'outremer, entourée d'arbustes aromatiques, de rosiers et de safrans, de mûriers, de rhododendrons et de magnolias, où de minces jets d'eau bruissaient dans des vasques. Une terrasse à balustrade de bois ajouré donnait asile à une multitude de perroquets, de paons irisés et à d'autres oiseaux au plumage gemmé de pierres précieuses que la courtisane s'amusait à nourrir.

A l'arrivée d'Achilgar, ils s'envolèrent avec un grand bruit d'ailes, laissant le passage libre, et Ourvasi, ayant relevé une draperie frangée de laine, invita le visiteur à pénétrer chez elle.

Aussitôt entré dans la pièce fraîche et parfumée, le jeune homme se laissa tomber parmi les coussins, et, la tête enfouie dans les étoffes soyeuses, se mit à pleurer. Une détente se faisait en lui, ses larmes jaillissaient presque sans amertume.

Ourvasi, dans la salle à côté, étincelante de glaces en verre de Ceylan et d'Ormus, se dévêtissait. Sur des consoles, émaillées de lapis-lazuli, s'alignaient des rangées de flacons, de boîtes, petites et grandes, contenant des pommades et des essences : huile de couleuvre et de crocodile pour resserrer le derme ; musc, antimoine et pattes de mouches écrasées pour allonger les yeux, écume de pourpre et blanc de céruse pour donner de l'éclat au teint, onguent de graines de sureau noir et de fèves pour raffermir les seins, baies de myrrhe, de menthe et de gingembre pour réveiller les sens, poudre de cantharide, d'os de chameaux, de chouettes, de vautours et de paons pour augmenter le pouvoir de séduction de la femme sur l'homme ; de l'herbe mandragore, des pierres astroïtes, de l'hippomane pour se débarrasser d'une rivale.

Ourvasi, toute nue, appela sa suivante et se fit frotter le corps d'une pâte de narcisses, de gomme, de miel et d'encens aux effluences subtiles ; on lui versa des parfums mêlés de poudre d'or sur les cheveux, et, sans autre parure que sa ceinture de fleurs rouges, elle se jeta sur le lit où Achilgar sanglotait toujours.

— J'ai bien vu, dit-elle, que tu avais du chagrin, et je respecte ton secret... J'offrirai, pour toi, à la déesse Kali, dont on va célébrer la fête, des colombes et des grains de riz... Quand on ne l'offense pas, la déesse de la mort n'est point méchante, et elle écoute volontiers les filles d'amour.

— Tu es compatissante, dit Achilgar entre deux sanglots.

— Oui, et, pourtant, je devrais me fâcher, car ta peine te vient d'une amante que tu me préfères... Moi, je ne suis que la consolatrice... Est-ce vrai ?...

— C'est vrai.

Ourvasi mordit ses lèvres pourpres, et, comme malgré elle, demanda :

— Est-ce qu'elle est jolie ?

— Jolie comme une corolle d'élection dans un champ de fleurs sylvestres ! un ruisselet de cristal sous l'herbe ! une étoile glorieuse sur le manteau de la nuit !...

— Tu exagères...

— Non, des mots ne sauraient faire comprendre l'exquisité de son sourire...

— Moi, aussi, je suis jolie.

Achilgar releva la tête et la regarda avec indifférence.

— Certes...

— Ah ! fit-elle tristement, tu ne saurais m'admirer, parce que tes yeux sont emplis d'une autre beauté... Et cette beauté, tu la désires d'autant plus follement qu'elle se refuse, tandis que ma possession est trop facile... Comment peux-tu te soumettre au caprice d'une esclave de volupté ?... Est-ce que tu n'es pas le maître ?

Ainsi, cette courtisane, sur son lit de plaisir, parlait comme le pèlerin au bord du Gange.

La femme qui se donnait à l'amour et l'homme qui se donnait à la mort pensaient de même !

Achilgar se dit qu'un baiser, en effet, était peu de chose, et il prit les lèvres d'Ourvasi entre les siennes.

Elle se montra experte et souple, avec les câlineries délicates et les élans passionnés qui font croire à chaque amant qu'il est le plus chéri et double l'orgueil du triomphe.

A genoux, devant lui, elle murmurait :

— Que veux-tu que je fasse encore pour te prouver mon ardeur et ma soumission ?... Veux-tu le jeu de l'abeille ou celui de la corolle prisonnière ?... Veux-tu que je sois l'épervier rapide ou la panthère indolente ?... Il n'est pas de mystères du Kama que je ne sache !...

Mais il était un peu las, et il ne souhaitait plus qu'un immense repos. Il ferma les yeux et mit son front sur l'épaule d'Ourvasi, demandant aux dieux secourables de l'anéantir dans l'éternel sommeil.

La courtisane qui le trouvait, en effet, à son goût, admirait sa haute mine et la magnificence de ses vêtements, demeura immobile avec un doux regard d'indulgence sous ses longues paupières peintes.

— Dors, dit-elle, avec mélancolie. Les femmes toujours guérissent les souffrances des hommes, tandis que les hommes ne savent faire aux femmes que de nouvelles blessures !... Dors, petit prince au cœur tendre, j'en ai consolé de plus malheureux que toi !... Tu pleures ?... Bah ! autant en emporte la brise !... Je sais tant de baisers...

IV

VOLUPTÉS FÉLINES

Achilgar avait l'âge des caresses, Ourvasi en avait la science. A eux deux, ils trouvèrent de nouvelles étreintes et se grisèrent de leur corps, ne pouvant se griser de leur cœur. Ce fut une fureur de possession dans la clarté chaude, une frénésie de frôlements et de morsures. Sous les arbres en floraisons ardentes, il venait avec elle, avide de parfums et de chants d'oiseaux. Les yeux au loin, il brûlait ses regards au spectacle de la nappe d'argent du fleuve que des stries d'or rouges ou verdâtres niellaient comme un collier immense tendu à l'horizon. Les quais de Bénarès s'animaient d'une inquiétante vie de fourmilière, et les bateaux, aux voiles blanches, semblaient éployer des ailes de goélands nostalgiques. Les rayons allumaient des myriades de paillons dans les vaguelettes berceuses du Gange, la façade des palais d'indigo et de cinabre s'auréolait de lumière, les minarets de la mosquée d'Aureng-Zeb mettaient des flèches dans le courant, et la mélopée bizarre des matelots bengalis résonnait au loin, célébrant les poudja (fêtes) des dieux bienfaisants. Une sorte de poudre jaune, résidu impalpable des alluvions gangétiques, flottait dans l'air, semblait une pluie de feu noyant le faîte des innombrables petits temples ou sanctuaires qui s'élèvent partout. Au pied de la berge, au ras des escaliers géants, les fidèles faisaient leur prière, et des femmes plongeaient dans l'onde de grands vases de cuivre brillant pour accomplir les rites sacrés. Des jeunes filles entraient dans le fleuve en se tenant par la main et l'on entendait leur voix pure chanter la gloire des dieux de volupté ; tandis que des prêtres, juchés sur de légères tourelles, haranguaient la foule.

Ce n'étaient pas seulement les prati

Achilgar essayait de ne plus exister que comme une plante gorgée de soleil et de rosée. Mais, à l'heure crépusculaire, quand, dans le mauve des jours agoni-

ques du culte qui frappaient ses yeux, mais des scènes d'amour et de mort, et il voyait, sans étonnement, des fiancés s'étreindre et se baiser aux lèvres, devant le bûcher de bois aromatique où achevait de se consumer le corps d'un parent.

sants, se noient les suavités de l'eau et du ciel, il se penchait à la terrasse, soudain angoissé par l'imminence des ténèbres, il s'alanguissait dans la tristesse de l'heure trouble, songeant, quand même, à celle qu'il avait désirée entre toutes, et qui, seule, s'était refusée.

Ourvasi, alors, s'approchait sur le bout de ses pieds nus cerclés d'or, et, brusquement, lui mettait la main sur les yeux.

— Je ne veux pas que tu penses à Elle !... Tiens, ma bouche est meilleure... C'est un fruit magique qui calme la soif et la faim d'amour.

Fébrilement, il la repoussait.

— Non, laisse-moi, le fruit de la bouche n'a plus de saveur.

— Oh ! tu dis cela, et, dans un instant tu te laisseras convaincre quand même par mes caresses... et j'en sais d'autres, d'autres encore...

— Plus tard, quand la nuit sera venue.

— Soit. Alors, écoute cette chanson, elle est douce comme le rayon qui se meurt.

— Oui, chante, ta voix est plus guérisseuse que les paroles.

Ourvasi avait des accents profonds, douloureux et prenants qui charmaient son amant. Les notes basses, un peu rauques, tombaient en se déchirant sur un dernier accord de son rebab, puis, après un moment d'immobilité, elle jetait loin d'elle l'instrument inutile, et les mains levées au-dessus de sa tête, tournait lentement en faisant onduler son torse et s'étaler le voile sombre de ses cheveux. Puis, ses genoux s'écartaient, ses cuisses fléchissaient, elle se baissait et se relevait en lançant un cri plaintif, comme un appel d'oiseau blessé.

Lui, s'intéressait, malgré tout, à son jeu et c'était ce qu'elle voulait... Comme il s'approchait pour la prendre :

— Attends un peu ; j'ai dansé pour le plaisir, je vais danser pour le désir et puis pour le délire...

Après les poses souples et félines, les torsions du buste, les balancements de tout le corps, elle fit mouvoir les seins et le ventre en voluptueux frissons, osa toutes les attitudes et ne consentit à s'abandonner que lorsque le jeune homme la supplia, avec des regards brillants de convoitise, de ne pas le faire languir davantage. Ainsi pour complaire à celui qu'elle voulait garder, un peu pour sa beauté mâle et triste, beaucoup pour sa situation et sa magnificence, elle se fit câline, tendre, lascive et démoniaque, — courtisane, enfin, jusqu'au petit doigt de ses mains envoûteuses.

V

VIAMALAH OBÉIT AU POUVOIR OCCULTE

Viamalah, en se réveillant, avait trouvé, au pied de sa couche, ses trois confidentes qui pleuraient. Le front douloureux, les lèvres sèches, elle essaya de se soulever, mais sa tête retomba sur les roses et les verveines dont les coussins étaient jonchés.

— Achilgar ! gémit-elle.

— Il est parti ! sanglota Rayon de Miel.

— Parti !

— Comme si les Rakshasas l'avaient emporté dans la tempête ! Ta chambre sentait la mandragore et le soufre ; il y avait, sur les murs, le frisson pelucheux des ailes de vampires et de chatshuants !...

— Des prunelles glauques brillaient dans l'ombre, et le tonnerre grondait au loin !

Les petites, avec des gestes peureux, se blottissaient contre le lit.

Viamalah essaya de rire.

— Imagination !

— Non ! non ! nous avons vu et entendu !

— Oui, fit Gloire de la Lune, curieuses, nous écartions les rideaux, parce que, tu sais, une nuit de noce est toujours pleine d'enseignements utiles, et, qui regarde bien, en éprouve aussi du plaisir...

— C'est presque comme si on était câlinée dans les bras d'un amant, avoua Parfum céleste, en baissant les yeux.

— Vous avez compté nos étreintes ?... demanda Viamalah.

— Vos étreintes ?... Tu étais froide comme Soma, la déesse des nuits, et ton époux avait beau t'appeler par tous les noms du *Mahabharatta*, tu ne bougeais pas plus qu'une idole de pierre !

— Oh ! dit Rayon de Miel, Achilgar était si désespéré qu'il pourrait bien se jeter sous les roues du char de Kali aux fêtes prochaines.

Viamalah cacha son visage dans ses mains.

— Je suis bien malheureuse !...

— Oui, il est singulier que tant de baisers n'aient pu t'émouvoir !

— Qu'en sais-tu ? fit la vierge avec véhémence. J'ai cru me donner autant de fois que tu as de bagues aux phalanges.

— Oh ! soupira Gloire de la Lune émerveillée.

— Seulement, il paraît que je ne pouvais faire partager mon bonheur... C'était un rêve et, d'ailleurs, dans ce rêve Achilgar n'était point auprès de moi !

— Que dis tu ?...

— Je dis, je dis, que je suis sans force et sans volonté !... Tout m'accable et les dieux m'abandonnent !... Venez tout près, plus près, encore, pour me dorloter et me consoler, comme faisait Matou-Mahli quand j'étais petite.

Rayon de Miel et Gloire de la Lune prirent Viamalah entre leurs bras et la bercèrent comme un enfantelet malade, tandis que Parfum céleste jetait les fleurs flétries de la couche dans un pan de sa ceinture pour en parer une mignonne réduction du Kâma, le dieu d'amour, qu'elle avait dans sa chambre.

Viamalah ne sortit pas de la journée, ne voulut voir personne. On barricada les issues, et la pièce bien close ne fut éclairée que par le rayon blafard des lampes de jade et d'ivoire. C'est à peine si les bruits du dehors arrivaient, assourdis et défigurés. Par moments, le cri d'une marchande de baumes ou de verroteries perçait les murailles : l'on entendait, aussi, les querelles des singes sacrés sur les toits et l'appel aigu des cacatoès.

Viamalah songeait, le front appuyé à l'épaule de Rayon de Miel qui, parfois, très doucement, baisait ses cheveux ou lui rafraîchissait les tempes de quelques gouttes de parfum.

« Que résoudre ? » se demandait la vierge ; et il lui semblait que son « moi » se métamorphosait, que des impressions et des désirs nouveaux se manifestaient en elle. Les natures d'élite, plus impressionnables, sont conséquemment plus sujettes à varier, à la suite d'un grand chagrin, d'une émotion vive, d'un choc moral ou physique. Les changements nets et violents sont rares, cependant, et les transformations de santé, d'allures et de caractère procèdent généralement par alternances, par lentes infiltrations dont résulte une sorte de malaise, d'étonnement pour la cessation des habituelles fonctions. Tant de causes inattendues contrarient le cours d'une existence et en changent le but ! La vie est un ruisseau qu'une pierre ou une branche d'arbre peuvent faire dévier ; et si tous ces pauvres ruisselets retournent au néant, ils n'en intéressent pas moins la grande loi d'attraction éternelle : Rien n'est indifférent dans l'ensemble des mouvements terrestres ; l'unité de l'univers est constituée par la force immatérielle impondérable qui meut les atomes.

Viamalah, auprès de ses petites amies aux gestes félins, aux lèvres mûres pour le baiser, pressentait ces choses, son intelligence s'étant développée sous l'influence magnétique du yogui.

Et, tout à coup, la voix de Nassudamy s'éleva distinctement auprès d'elle. Mais c'est en vain qu'elle scruta de ses regards épouvantés les profondeurs de la pièce, aucune présence visible ne se manifestait. Les petites suivantes dormaient sur les coussins, et les paroles, pourtant très vibrantes du fakir, ne semblaient point parvenir à leurs oreilles.

— Viamalah ! soupirait la voix mystérieuse, que fais-tu dans ce palais ? Achilgar t'abandonne !

— Il reviendra ! répondit-elle, plutôt mentalement qu'avec les lèvres, sachant bien que les Pitris lisaient en elle comme en un livre ouvert. — Oui, oui, il reviendra, une tendresse comme la nôtre ne s'oublie pas !

— Ton amant est dans les bras d'une courtisane, et leurs lèvres se partagent le bétel d'amour.

— Oh !

— Il te délaisse avant la possession... Il est indigne et parjure !...

— Indigne et parjure !

Viamalah se dressa si brusquement que Gloire de la Lune, qui l'étreignait encore, roula sur le sol.

— Tu m'as fait mal, murmura la mignonne en se frottant le dos.

— Ce n'est rien, je te donnerai mon agrafe de béryl pour guérir tes contusions.

Rayon de Miel et Parfum céleste ouvraient de grands yeux étonnés.

— Vous n'avez rien entendu ? demanda Viamalah.

— Non, dirent-elles ensemble. Personne n'est entré, à moins qu'un grand singe ne se soit permis d'écarter les rideaux.

— Moi, fit Parfum céleste, je rêvais précisément que la guenon verte du temple de Dourga me poursuivait sur les toits, et je tremblais tellement que je manquais de choir à chaque pas... Tiens j'en ai encore des battements de cœur.

— Il s'agit bien de la guenon verte du temple de Dourga ! Il y avait ici un fantôme qui m'a ordonné de le suivre ; ma mission est sacrée, les dieux m'ont désignée pour accomplir des prodiges !

— Des prodiges !...

— Oui ; et puisque mon bien-aimé m'abandonne, je partirai aussi...

— Tu veux nous quitter, Fleur de Comète ... Qui donc embrasserons-nous quand tu ne seras plus là ?...

— Toi, Parfum céleste, tu embrasseras ton petit dieu Kama ; toi, Rayon de Miel, tu danseras le pas de « la volupté » avec un doupettah emperlé de gaze rose et une fibule d'émeraude à l'endroit de ton désir ; toi, Gloire de la Lune, tu marqueras la mesure sur le tal et le maladan. Puis, quand vous serez lasses de danse et de musique, vous vous roulerez dans les tubéreuses.

— Et tu ne reviendras plus ?...

—Je reviendrai, si telle est la volonté de Siva !

VI

LES SEPT TÊTES DE LA NAGA

Sa résolution une fois prise, la jeune fille tâcha d'oublier Achilgar qui si cruellement avait fui ; elle rassembla ses voiles précieux ainsi que quelques joyaux qu'elle désirait offrir aux divinités les plus redoutables ; puis elle purifia son corps dans la vasque de porphyre qu'arrosaient les huit trompes d'éléphant gemmés de rubis, se fit frotter d'onguents et de fards pour aviver son énergie comme sa beauté. Rayon de Miel délicatement, selon les leçons de Matou-Mahli, lui peignit trois étoiles d'or sur les seins et sur le giron, lui secoua sur les épaules de la poudre de diamants, qui la fit ressembler à une grande fleur sous la rosée matutinale, et l'enveloppa d'une épaisse étoffe jaune dont les plis retombaient sur le front, passaient sous l'aisselle, s'enroulaient à la taille ainsi qu'une flamme capricieuse et lui caressaient les talons. Elles mêlèrent à du bétel pur, pour l'offrande à Dourga, des cardamomes, des noix de muscade et des clous de girofle, puis, toutes quatre montèrent en dingui, voguèrent silencieusement jusqu'à l'endroit du Gange où Viamalah savait trouver Nassudamy, le fakir charmeur de serpents.

Les minarets se reflétaient dans l'onde avec la lune que les vaguelettes maillaient d'argent au pied de l'escalier monumental des Gaths.

La berge étalait, dans une lueur fantastique, ses temples, ses palais, ses ruines ; des guirlandes de roses, offrandes des fidèles, trempaient dans l'eau ; la fumée des résines odoriférantes montait en légers tourbillons. Sur l'immense série des gradins et des pentes raides, des hommes demi-nus jetaient du bois pour les bûchers ; les corbeaux et les vautours volaient lourdement, attendant les restes humains épargnés par les flammes.

Puis, c'étaient des mendiants, des vieillards, des enfants, qui, accroupis sur les marches des gaths, la main tendue, demandaient l'aumône d'une voix lamentable ; plus loin, les clameurs des pleureuses retentissaient en longs hurlements. Ces femmes, enveloppées de voiles, semblaient de gros flocons tombés au hasard, et, dans cette écume de gaze, de mousseline et de soie, des enfants s'agitaient, vêtus de rouge et de vert, couraient après les charmeurs. Ceux-ci jouaient avec la cobra (reptile à lunettes) qu'ils s'enroulaient à leurs bras, caressaient des lèvres, doucement, en sifflant des airs mélancoliques. Ce serpent est sacré ; il représente le dieu de la destruction et, comme tel, a droit aux hommages des hommes. Quand le pieux brahmine le découvre entre deux pierres, il s'agenouille devant lui, le consulte, le vénère, lui offre le lait et les insectes qu'il aime. Le culte des najas précéda dans l'Inde les religions brahmaniques et on le retrouve sous diverses formes dans beaucoup de contrées de l'Ancien et du Nouveau-Monde. C'est le dragon des légendes qui vomit le feu et la fumée, monstre aux anneaux rutilants, aux langues fourchues, aux yeux de braise qui épouvante les hommes. Il se dresse au seuil de l'antre mystérieux des génies et des sorciers, il garde les richesses et préside aux enchantements. Le diadème de Siva est formé des sept têtes de la naja tumultueusement dressées. Vichnou est protégé par le reptile à mille dards.

Le daboia et l'ophiophage sont moins vénérés que la cobra, mais ils sont plus jolis, tendent et allongent, dans le sable, des rubans d'azur annelés d'ocre et de cinabre, semblent des ruisselets de feu, crachés par quelque bouche volcanique, et les dévédassi ne craignent point de s'en parer dans les cérémonies religieuses.

Parmi ces psylles qui sifflaient doucement pour réveiller les najas gonflés de venin, dont les anneaux entouraient leurs chevilles et leurs poignets, la jeune fille reconnut le yogui.

— Viens, dit-il ; et il s'enfonça dans la nuit.

Les petites confidentes se prosternèrent au fond de la barque, invoquant la trimourti sainte, tandis que Viamalah, enroulée dans son étoffe d'or, disparaissait comme une étoile filante.

Le temple de Dourga après celui d'Issouara, l'être suprême, est le plus vénéré. On y célèbre le culte du lingam-yoni qu'on y a représenté dans l'onyx et le kaolin, et que les vierges viennent adorer en apportant à la déesse du riz, des feuilles de bétel ou des bijoux de prix, selon leur condition.

Nassudamy, qui était spécialement attaché au temple, professait le Sivaïsme avec ardeur ; c'est, d'ailleurs, la religion naturelle de tous les Brahmes lettrés ; Agastia est le premier sage qui a enseigné le monothéisme Sivaïste, en le fondant à la fois sur les *Vedas* et sur les *Agamas* — écrits qui n'ont jamais été traduits dans aucune langue européenne.

Siva est le dieu de l'Inde qui a le plus de sanctuaires. Chaque année, dans certaines contrées, on promène, en grande pompe, un immense linga entouré de feuillages dans lequel se trouve un enfant qui ne montre que sa tête dorée, couronnée de jasmin. Le peuple se prosterne sur le passage de la procession, et les jeunes filles adressent des vœux fervents à la divinité incomparable.

Le culte de Priape, en Grèce, paraît avoir eu le même caractère, qui n'est devenu érotique que par la suite, et il est probable qu'il faut chercher dans l'Inde l'origine du culte phallique.

mâle qui se continua dans la Grèce, alors que dans l'Inde l'énergie femelle et créatrice triomphait peu à peu. A l'entrée de tous les temples naturalistes de Chypre et de Phénicie se dressent des colonnes de formes particulières et précises. Des érudits prétendent que les tours ou flèches de nos cathédrales gothiques

Les anciens, qui n'attachaient à ces images nulle idée équivoque, mais les vénéraient, au contraire, comme les symboles de l'amour divin et de la fécondité, les reproduisaient dans le marbre, le métal et les gemmes les plus rares. On les retrouve dans les colliers, les bagues, les ornements et les camées antiques. On en faisait des flambeaux et des lampes, des armes et des coupes.

C'est la prédominance de l'énergie

ont la même origine, sans parler des menhirs de la Basse-Bretagne... C'est ainsi que tout s'enchaîne dans la vie ; il n'y a que l'opinion qui change, puisque les choses les plus vénérées jadis sont devenues, sans qu'on sache pourquoi, les plus répréhensibles.

Nassudamy s'était arrêté et contemplait Viamalah qui demeurait immobile devant lui, les yeux baissés.

— Tu vois, dit-il, que tu n'as pu résis-

ter aux Pitris. Leur volonté est toute-
puissante.

La jeune fille, après un moment de
silence, demanda :

— Qu'exiges-tu de moi ?...

— Toi, d'abord. Corps et âme, je te
veux. Ton souffle vital est entré dans ma
bouche... Tu m'appartiens.

Elle frissonna.

— Ah ! oui, je sais...

— Est-ce que ces délices ne sont point
incomparables ?...

— Peut-être ; mais j'ai peur... Ce n'est
point ce que désire la nature ?...

— Il faut t'élever au-dessus d'elle,
puisque les dieux t'ont choisie pour la
glorification de leur culte.

— Que feras-tu de moi ?...

— Je te conduirai chez les prêtresses
de la déesse Parvati. Tu seras, comme
elles, coiffée d'une mitre d'or et tu danseras devant les idoles pendant les sacrifices... Mais ce ne sera qu'un stage ; plus
tard, tu me suivras dans mes voyages à
travers le monde...

— Je te suivrai !

— Oui, et nous accomplirons des miracles qui bouleverseront les religions
menteuses !

— Ah ! ma pensée hésite au bord du
gouffre !... Je n'aurai pas la force de résister aux épreuves et aux tentations.

— Quoi que tu fasses, Viamalah, ta
destinée s'accomplira...

— Et Achilgar ?...

— Que t'importe !...

— Si, je veux savoir...

— Tu sauras plus tard...

— Non, tout de suite.

Nassudamy hésita un moment, les
yeux soudain étincelants, les mains crispées, puis il dit avec une joie méchante :

— Tu me demandes ce que deviendra
Achilgar ?

— Je te le demande à genoux et te
supplie de me répondre !

— Eh bien, il mourra !

— Il mourra !

Viamalah étendit les bras, poussa un
cri et heurta le sol de son front.

— Oui, fit Nassudamy avec amertume,
tu l'aimes toujours ; tu es encore trop
près de la nature pour comprendre. Je
lutterai pour la vérité et tu finiras par te
soumettre... Viens, maintenant.

Gémissante, elle se releva.

— Nous allons dans le temple ?...

— Oui.

— Ah ! regarde !...

De grands oiseaux à la tête chauve, au
goitre violet, aux ailes noires tournoyaient au-dessus de leur tête.

— Ce sont les vautours qui cherchent
une proie.

— Ils forment des cercles qui vont en
se rétrécissant...

— Présage de mort pour qui tu sais.

Elle frissonna, se serra contre le
charmeur.

— Sois sans crainte, dit-il, mon pouvoir est au-dessus de la vie et de la mort.
D'ailleurs, la vie et la mort ne signifient
rien, puisque nous n'avons jamais cessé
d'exister, que nous nous transformons
seulement jusqu'à la perfection... Achilgar ne disparaîtra pas, il sera ailleurs,
voilà tout !

— Tais-toi, je ne veux pas qu'il quitte
la terre... Maintenant que je t'appartiens,
épargne-le !

Il haussa les épaules.

— Viens, tu dormiras ce soir sous la protection de la déesse, tu n'es pas digne de mes baisers...

VII

CHAIR D'AMOUR ET DE PRIÈRE

Nassudamy et Viamalah sont entrés dans le temple de Dourga. Il est formé de galeries latérales, soutenues par des colonnes, au centre desquelles se trouve le sanctuaire sur des piliers monolithes. Partout des bas-reliefs, fouillés dans le marbre rouge, des idoles d'or qui resplendissent sous la clarté convergente des lampes, les bras levés, menaçants ou pacifiquement croisés sur l'abdomen. Les singes, curieusement, dégringolent des branches pour reconnaître les visiteurs, leur réclamer des fruits et du miel.

Mais le fakir les écarte, frappe dans ses mains en prononçant des paroles mystérieuses. Aussitôt, les danseuses sacrées, ou *dévédassi*, vouées au culte des dieux et au plaisir des Brahmes, sortent du temple tumultueusement, et se prosternent devant lui.

— O Nassudamy ! dit la plus parée, en tendant ses lèvres peintes, je n'ai rien à te refuser !

— Je le sais.

— Oh ! le plus doux et le plus beau des yoguis ! est-ce le désir d'amour qui te conduit enfin vers nous ?...

— Ce n'est pas le désir d'amour, c'est l'amour même que je vous porte.

Et poussant Viamalah qui se cachait derrière lui :

— Voici mon épouse devant les dieux. Elle est pure de corps et renseignée d'esprit. Respectez sa chair et entretenez son âme !

— Mais, cette jeune femme s'est mariée hier. Nous avons dansé à ses noces, devant les idoles, dit une des bayadères qu'on nommait Arna (plus jamais).

— Elle est pure, vous dis-je, puisqu'elle n'a été possédée qu'en rêve. Est-ce vrai, Viamalah ?...

— C'est vrai, murmura-t-elle.

— Je lui ai suggéré la résistance aux transports d'un homme. Elle n'a connu que l'envoûtement de mes caresses spirituelles.

— En effet, fit Raksa (le mal) avec mélancolie, tu as fait vœu de chasteté.

— On sait ce que cela veut dire, murmura une belle fille en plein épanouissement.

Le fakir eut un dédaigneux sourire.

— Cœur de Lotus, je connais des baisers meilleurs que ceux des mortels !

— Des baisers d'âme ?...

— Des baisers qui brûlent comme le feu, enveloppent comme l'onde et mordent comme le poison !... Des baisers inouïs qui recommencent sans cesse ou durent une nuit, selon mon caprice, des baisers qui...

— Arrête toi ! fit la danseuse haletante, tu nous grises avec tes paroles enflammées, et nous n'aurons personne pour nous calmer, ce soir.

— Si, fit une maigre fillette, aux longs yeux enfumés : l'idole de pierre.

— Bon pour toi, Schahabalu, riposta Cœur de Lotus vivement, nous préférons les caresses vivantes.

— Les Brahmes sont si vieux ! fit la petite, en levant ses étroites épaules, parées seulement de rubans bleus et de fleurs, le dieu du sacrifice, au moins, ne se dérobe jamais.

— Ah ! si Nassudamy voulait !... Il est jeune, il est fort, lui !... Pour une fois, où serait le mal ?...

— Nassudamy aime Viamalah ; s'il oubliait son serment de pureté, ce ne serait que pour elle.

— Eh bien ! que ce soit pour elle.

— Ils sont accomplis tous deux et le spectacle de leurs étreintes serait une chose merveilleuse ! reprit Arna. Autour de leur extase nous brûlerions des parfums dans des cassolettes d'agate, nous agiterions des flabelles ocellées de paon, au-dessus de leur tête, et, pour ranimer leur ardeur, nous leur verserions du vin de lotus pailleté d'or.

— Je t'assure, Nassudamy, fit une bayadère aux seins maillés d'opales, je t'assure que tu ne trouveras pas meilleure occasion d'oublier tes promesses. Et puis, Dourga te protège, parce que tu es beau, elle intercédera pour toi auprès de Siva.

— Justement, reprit la petite aux paupières enfumées et lourdes, j'ai préparé une couche de roses devant l'idole que je sers. J'ai des bananes et des figues, des gâteaux de cannelle et de jujube, de l'igname et du riz, sans compter un morceau de cheval sacré tué au dernier tanguam. Jamais tu ne feras festin pareil !...

Elles entouraient le yogui, tendaient vers lui la pointe de leurs seins en bataille d'amour, lui tiraient une langue aiguë, avide de baisers, secouaient leur chevelure sombre sur leur croupe impatiente.

Elles étaient belles, presque toutes, sous le bandeau métallique qui leur barrait le front d'une tempe à l'autre. Leurs yeux larges, au regard fixe, insensible en apparence, introuvable presque, étaient séparés par un nez mince, d'un dessin très pur, qui descendait sur une bouche fragile, ouverte en cœur, puérilement. C'étaient des figures d'une régularité imprévue, inquiétante, primitive et superbe, faites de lignes simples et impeccables. Les brahmes les choisissaient avec soin et les familles les plus nobles leur abandonnaient leurs filles sans discussion, fières de cette rare faveur. Mais, ils s'en lassaient vite, et elles languissaient dans le temple, l'âme inquiète, les sens pervertis, toujours en éveil. Souvent on les entendait chanter d'une voix douloureuse et nostalgique, rauque et déchirée comme un appel de lionnes dans le désert. Les plus petites, qui avaient cinq ou six ans, et ne sentaient point encore l'aiguillon du désir, reprenaient la mélopée bizarre qui, alors, devenait sautillante et légère. Une mignonne de huit ans, surtout, chantait délicieusement, et les autres s'arrêtaient pour l'écouter. Les sons voletaient, s'évanouissaient, flottaient comme un souffle de l'âme du Gange, de l'âme du vent soufflant dans les Himalayas, de l'âme des fauvettes et des cigales.

Nassudamy fit quelques pas pour se retirer.

— Veillez bien sur Viamalah, je vais évoquer les Pitris.

— Reste avec nous !

— Non.

— Nous ferons pour toi ce que nous n'avons jamais fait pour les brahmes les plus exigeants !... Voici une coupe pleine de safran et de poudre de santal...

— Non.

— Pourquoi ne veux-tu pas, Nassudamy ?... craindrais-tu la vengeance des hommes ?... En ce cas, puisque tu es sorcier, tu n'aurais qu'à te frotter avec un collyre qui te rendrait invisible. Nous en avons toujours ; il contient, tu le sais, les cendres d'une mangouste, des yeux de serpents et le fruit de la longue courge tumbi.

Les plus petites se cramponnaient à ses jambes, lui baisaient les genoux. Viamalah, muette, regardait avec surprise ces transports qu'elle n'aurait osé imaginer : et un peu de jalousie lui serrait le cœur.

— Non, laissez-moi, vous savez bien que c'est inutile.

— Nous préférerais-tu les eunuques ?

Nassudamy eut un geste de dégoût.

— Oh ! c'était pour rire que je disais cela, reprit Cœur de Lotus, nous savons bien que tu n'aimes que ce qui est joli : l'harmonie des formes et des âmes.

— J'aime la créature dans son essence divine, et je vénère les dieux qui m'ont permis de mépriser la matière... Retournez dans le temple et tâchez de dormir ; demain vous vous préparerez à fêter dignement la déesse Kali qui préside aux sacrifices humains. Je veux que Viamalah, pour se sanctifier, assiste à la cérémonie, assise aux pieds de la statue et parée de tous les diamants de Golconde !

Il dit, et s'éloigna.

VIII

CONSEILS DE CŒUR DE LOTUS

Viamalah suivit ses nouvelles compagnes dans la partie du temple qui leur était réservée. C'était une haute salle, entourée de colonnes de porphyre, qui ne recevait le jour que par la porte. Six lampes de jade descendaient des voûtes, épandant sur les choses de glauques lueurs. Toute la pièce était pleine de dons bizarres à Kama : de bannières indurées de pierres précieuses, d'ornements de cuivre et de cristal, de poupées aux yeux

d'émail, se balançant le long des cordes,
de masques effrayants, de colliers et d'armes de toutes sortes. Ce n'était plus le
temple sévère, mais une retraite de volupté, ornée par le goût enfantin et passionné de femmes sauvages.

Un violent parfum d'essence de roses
saisit Viamalah, qui respira avidement
cette haleine de fleurs, enfermée là,
captive, parmi les riches coussins et les
étoffes brodées d'or. Au centre, une idole
de pierre dressait son désir, vers les
prêtresses insatiables, mais bien des
vierges, aussi, venaient s'offrir à la divinité avant d'appartenir à l'époux.

La cérémonie, alors, avait lieu en
grande pompe sur la place publique où
l'on transportait l'image sacrée, devant
les parents, les amis et les étrangers tou
jours avides de spectacles édifiants.

La fiancée, les cheveux mêlés de jasmins et de verveines, arrivait soutenue
par des jeunes filles, couvertes, comme
elle, de longs voiles flottants et de fleurs ;
mais, parfois, la secousse était si vive que
l'amante, après s'être donnée au dieu de
pierre, perdait connaissance et ne se ra-
nimait que dans l'intérieur de la pagode
sous les caresses des brahmes. Eux,
aussi, avant le mari, avaient tous les pouvoirs sur la femme, et si elle était d'une
exceptionnelle beauté, ils la conservaient
plusieurs jours, à la grande joie des pa
rents, tout fiers de cette particulière
faveur.

Viamalah, sans regarder l'image, se
laissa choir sur un des petits lits de bois
précieux dont les coussins en plumes de
perroquets étaient semés de pétales fraîchement cueillis. A ses pieds s'élevaient
deux cassolettes emplies d'herbes aromatiques qui se consumaient lentement. Sur
le sol, brillait une poudre métallique,
semée de signes bizarres, agréables aux
dieux.

Les bayadères ayant brûlé des parfums extraits du chanvre, de l'asclépiade
gigantesque et du datura tastuosa, se balancèrent tout le corps deux ou trois fois,
puis se prosternèrent en étendant les bras.
Cœur de Lotus, après la prière obligatoire à Siva, chercha des tapis qu'elle
étendit par terre, et, sur de grands plateaux de cuivre émaillé, dans des vases
d'argile rouge, apporta des fruits, des
bouillies de froment, de fève et d'orge,

jaunes de safran, des salades de mangues et de bananes, des pâtes de gingembre, de mhowa et d'angélique, des beignets à l'acacia et à la rose, des crèmes
au lait de pistache saupoudrées de musc.
Bien que cela lui fût interdit, elle chercha
aussi des liqueurs de cinnamome et de
jujubier, du vin de lotus rose tiqueté
d'or qui mousse, pétille et grise, adorablement.

Les petites danseuses s'allongèrent sur
les coussins, promenant nonchalamment
leurs doigts bagués jusqu'aux phalan-
gettes, au dessus des plats.

— Viens donc, Viamalah, dit Schahabalu, la fillette aux paupières meurtries,
il y a une place auprès de moi...

— Non, je suis lasse.

— Raison de plus... Tu n'as pourtant
point ressenti les voluptés profondes
qu'éprouvent deux amants enlacés... Une
gorgée de ce vin à la cannelle te remettra
de tes émotions... imaginaires.

— Non, je suis triste.

— Triste ? et pourquoi ?... N'as-tu pas
l'amour mystique de Nassudamy, le plus
beau des serviteurs du temple ?...

— Je ne l'aime pas.

— Tu es bien difficile !... Ici, nous en
sommes toutes folles !... Mais qui aimes-
tu, alors ?...

— Achilgar, qui m'abandonne.

Elles se mirent à rire, un peu grises,
déjà.

— Ce n'est qu'un mari, fit Raksa.

— Ce n'est même pas un mari, hélas !

— Voilà, vraiment, un cruel tour-
ment !... Le dieu de pierre le rempla-
cera, chuchota en riant Arna, la dé-
laissée.

— Il n'est jamais fatigué, fit la petite
aux yeux sombres... Tu verras, je t'ini-
tierai aux jeux des prêtresses les plus
fameuses. En sortant d'ici, tu seras instruite comme une courtisane sacrée ! Les
brahmes, tu comprends, ne sont pas
obligés d'exercer leur ministère avec toutes les dévédassi, ils choisissent les plus
jeunes, des enfants presque toujours, et
délaissent les autres ; mais nous nous en
consolons.

— Écoute, dit Cœur de Lotus, les conseils de la sagesse, et sache te conduire
dans la vie. Un mari n'est rien, il faut
avoir des amants généreux.

— Si Nassudamy t'entendait !

— Nassudamy est un fanatique qui ne réprouve point l'amour chez les autres. Il veut seulement te conserver pour lui seul, en égoïste.

— Il connaît toutes mes actions.

— C'est vrai, fit Schahabalu, il est en commerce avec les Pitris, on ne peut rien lui cacher.

— Eh bien, reprit Cœur de Lotus, écoute toujours mes avis, tu t'en serviras quand le fakir te quittera à son tour, car, vois tu, tous les hommes sont pareils, il n'y a point à compter sur eux.

— Parle, dit Viamalah, avec lassitude... Que faut-il donc faire pour s'attacher les hommes ?...

— Ne pas les prendre au sérieux.

— C'est facile à dire.

— N'aime point, ou, si tu as un cœur trop tendre, fais en sorte de ne jamais laisser deviner ta faiblesse, et puis, surtout, moque-toi des serments d'amour !

— Il faut être parjure ?... interrogea la jeune femme que cette étrange morale, venant d'une prêtresse de Dourga, commençait à amuser.

— Cela n'a point d'importance. Les dieux, d'ailleurs, méprisent la fidélité puisqu'ils se donnent à tous...

— Cet argument est sans réplique. Pourtant on élève des bûchers pour les veuves inconsolables, et, de gré ou de force, elles y suivent la dépouille du mari.

— C'est une mesure prudente ; les maris avaient trop peur d'être envoyés dans l'autre monde ; ils ont pris leurs précautions.

— Tu as réponse à tout, Cœur de Lotus : alors, il faut avoir des amants ?

— Le plus possible... seulement il est important de les choisir riches, et de ne se donner que pour des présents de prix... Tiens, ces colliers, ces fibules de seins et de taille, ces bracelets de jambe et ces bagues d'un travail incomparable m'ont été offerts ainsi...

— Je croyais que les dévédassi ne pouvaient appartenir qu'aux brahmes ?

— Certes, mais les brahmes ne sont pas moins généreux que les autres hommes quand on sait s'y prendre... Il n'y a ici que cette petite sotte de Schahabalu qui ne s'est jamais parée que de fleurs, parce qu'elle laisse trop voir son tempérament au premier venu.

La petite aux paupières fumeuses se rebiffa.

— J'ai du temps devant moi ! tandis que tu es vieille.

— Vieille !

— Tu as vingt-deux ans, tout le monde le sait. Quand j'aurai cet âge, mes épaules ploieront sous les perles et les plaques brillantes.

— Tu es plus fanée que moi, et ce n'est pas étonnant, avec la vie que tu mènes, Chee-chee ! (nom très injurieux).

— Eh bien, j'ai du plaisir ! Ghirna ! (la méprisée).

— Tu en aurais tout de même, et avec un peu d'adresse, tu le rendrais profitable.

Viamalah, languide, souriait aux propos de ces femmes. Il lui semblait lire un mauvais livre ; mais son cœur n'en était point souillé.

— Alors, dit-elle, les dieux pardonnent ces pensées de lucre ?... Jamais ils ne se fâchent ?...

— Ils auraient trop à faire. Nous sommes toutes ainsi. D'ailleurs les dieux préfèrent la quantité à la qualité. Comme la nature, bonne et méchante à la fois, ils ne veulent que l'amour et la mort.

— Tu as raison.

— Fécondité et destruction, ils se moquent du reste ! Vois les bêtes qui, comme nous, ont une âme...

— Les bêtes ne tiennent point aux présents.

— Parce qu'elles n'en ont pas besoin... Mais, chez elles, c'est aussi la force et la ruse qui triomphent... Ainsi les grands singes sacrés...

— Assez ! crièrent les petites, ivres de baisers et de vin de lotus !... Assez ! tu es plus ennuyeuse que le doyen de nos brahmes, qui a quatre-vingt-quinze ans et ne sait même plus distinguer une fille d'un garçon !... Tu radotes comme un chapitre du *Dherma Shastra* qui prétend que les Brahmanes naquirent de la bouche du Brahma...

— ... les Kshatryas de ses bras ; les Wasyas de ses cuisses...

— ... les Soudras de ses pieds...

— Mes belles, dit Schahabalu qui bâillait, je vais chercher les singes, ils nous distrairont.

— Oui, oui, ils mangeront nos restes !

— Surtout, amène Maddy et Baoudou, ce sont les plus mignons.

IX

JEU DES BAYADÈRES ET DES SINGES SACRÉS

Maddy et Baoudou, deux chimpanzés bâtards au mufle rose entre des favoris bleus, avec des bandes jaunes autour des yeux, leur faisant d'énormes lunettes d'or, entrèrent en se balançant sur les mains comme des clowns. Puis, cette position les mettant au niveau des plats, ils commencèrent à les nettoyer très proprement, en poussant de légers gloussements de joie, pareils à ceux des poules qui ont trouvé un vermisseau.

Raksa leur versait le jus fermenté de la cannelle, qui a le privilège de les mettre en joie. Toutes les liqueurs de cinnamone et de jujubier y passèrent, seul le vin rose de lotus tiqueté d'or fut mis à part pour soutenir les forces des dévédassi et prolonger leur ivresse. Les boissons affolantes fouettaient la luxure des grands singes sacrés, coulaient en flots de feu dans leur estomac.

Schahabalu, couchée sur le ventre, les excitait de la voix et du geste, riait comme une folle de les voir si gourmands. Quand il n'y eut plus rien dans les jattes d'argile et les outres de vin doux, les deux quadrumanes levèrent leurs yeux ronds et vifs, aux prunelles de topaze brûlée, sur les femmes.

— Nous vous écoutons, dit Cœur de Lotus, vite, remerciez-nous et soyez éloquents. Célébrez les louanges du dieu Hanouman qui vous a permis de ressembler aux hommes.

Maddy et Baoudou entonnèrent, alors, un duo bizarre, plein de notes caressantes et de cris rauques, de phrases, tantôt langoureuses, tantôt brèves, où il y avait de la reconnaissance, de la prière, du bonheur, de l'impatience et de l'irritation.

— Là, là, calmez-vous ! Vous êtes sages et jolis.

Les dévédassi avaient mis aux singes des douppetahs bizarres, et des ceintures de feuillage, leur avaient glissé des plumes de perroquet derrière les oreilles. Les guenons marchaient avec précaution, pinçaient les lèvres en minaudant, rou-

laient des prunelles langoureuses ; mais elles tressaillaient de colère jalouse lorsque les mâles les négligeaient pour obéir aux jeunes filles.

Une femelle rousse, efflanquée, plus irritable que les autres, s'approcha de Schahabalu, qui avait pris Baoudou par la taille et tournait frénétiquement autour de l'idole.

— Prends garde ! prends garde ! crièrent les danseuses.

— Bah ! qu'elle essaie donc de me faire du mal !

En riant, la petite crachait à la face de la bête ; mais, celle-ci se ramassa, bondit, et d'un coup de patte lui laboura profondément la joue.

— Oh ! la vermine !

Elles roulèrent toutes deux, geignantes et hurlantes. Ce ne fut bientôt plus qu'une boule de chair et de poils, hérissée de griffes, d'où giclait du sang.

— Hardi ! hardi !

— Tiens, mon stylet, Schahabalu !

— Non, non, ce n'est pas de jeu !... laissez-les !

Mais la guenon, plus musclée, avait le dessus. Elle mordit sa rivale à la poitrine, et, la saisissant par les cheveux, lui rejeta si brutalement la tête en arrière que le crâne heurta le sol avec un bruit mat.

— Séparez-les, cria Viamalah, vous ne voyez pas qu'elle a perdu connaissance !

— Oh ! dit Cœur de Lotus, qui gardait rancune à la jeune fille de ses sarcasmes, ce n'est pas la première fois que la guenon l'abîme ! Pourquoi aussi lui vole-t-elle son bien !... Baoudou est marié, on sait qu'il ne faut pas y toucher.

Pourtant, les singes, craignant les représailles, avaient fui, tout couverts de leurs oripeaux, et l'on entendait au dehors leur galop précipité accompagné de cris aigus.

Schahabalu se releva, alla se regarder avec anxiété dans un miroir de cuivre, et appliqua sur ses blessures du baume de jujubier mêlé de miel.

Une raie sanglante lui balafrait le visage de la paupière au menton.

— Est-ce que cela se verra ? demanda-t-elle anxieusement.

— La griffe des singes est vénéneuse. La petite Kshirikita qui, elle aussi, avait offensé une guenon, a perdu l'œil gauche

après une querelle, et, cependant, la
paupière seule avait été atteinte.

— Qu'est-elle devenue ?

— Défigurée, elle a quitté le temple,
car les dieux ne veulent pour les servir
que des femmes parfaitement gracieuses
et belles.

— Elle a quitté le temple ?...

— Et comme personne ne la regardait
plus, elle s'est réfugiée sur la montagne
avec les gardeuses de troupeaux qui la
battent et la méprisent.

Schahabalu se mit à pleurer convulsi-
vement. Ses frêles épaules montaient et
descendaient, les guirlandes de fleurs
pendaient, toutes flétries, dans son dos.

X

OFFRANDE SECRÈTE AU DIEU DE PIERRE

Les dévédassi, maintenant, se recueil-
lent. Quoique toujours grises de vin de
lotus, elles prennent un air grave que dé-
ment le plissement sournois des lèvres.
Leur teint chaud, comme éclairé intérieurement, s'est mordoré autour des prunelles d'extase, sous les fronts unis que couvre la masse noire, épaisse, pesante de
leurs cheveux ébouriffés, mêlés de poudre
brillante. Dans la fumée des herbes aromatiques, les tapis et les écharpes prennent des colorations si tendres, si apâ-
lies, si agonisantes qu'elles sont des
caresses pour le regard.

Les voiles ondoient comme des flots de
clarté, les ceintures de pierreries piquent
des étincelles sur les draperies vert d'eau,
bleu pervenche, gris-glacier, mauve
crépusculaire. C'est une vision de féerie
à laquelle vient s'ajouter la magie ber-
ceuse de la musique.

Le reflet glauque des lampes, tournées
vers l'idole, la fait paraître presque
vivante. Le dieu est assis ; un sculpteur
habile l'a taillé dans la pierre rose, lui a
donné des formes viriles en émoi, harmonieuses et pleines. Il sourit et tend les bras
comme pour étreindre les amoureuses
qui, chaque jour, viennent le visiter. A ses
poignets et à ses jambes, les plus ferventes ont attaché des joyaux de prix, un collier de roses de Karmoul et de pierres de
lune pend à son cou, des perles d'éléphant tombent de ses oreilles et il a sur
la tête un diadème fait de plumes de co
libris.

Les femmes lui sacrifient des colombes
aux pieds de corail, lui apportent du
riz, du safran, du bétel, des mets possé-
dant les six goûts délicieux et se donnent
à lui. La fumée épaisse, qui sort des cassolettes toujours allumées, estompe ses
traits et les rend mobiles, ses bras semblent s'agiter et implorer l'amour.

Cœur de Lotus, religieusement, s'est
hissée sur le piédestal, et, avec un pin-
ceau de poils de chameau qu'elle trempe
dans une jarre pleine d'essence de verveine et de tubéreuse, fait la toilette du
dieu, caressant voluptueusement ses
épaules, sa poitrine, son ventre, descen-
dant le long des jambes nerveuses jusqu'au bout des orteils bagués d'or. Puis,
avec une plume à barbes minces, trempée dans le carmin, elle rosit la bouche,
touche la pointe de ses seins et les dix
ongles.

Les autres, en balançant doucement la
tête d'une épaule à l'autre, chantent les
mérites de la divinité, et ponctuent les
strophes par des coups de tal (sortes de
cymbales d'acier et de cuivre que l'on
frappe vivement).

Viamalah, étendue sur sa couche semée
de pétales de jasmin, ne remue pas, la
pensée perdue en un rêve obscur. Elle est
troublée d'une émotion confuse, pleine
de pitié, peut-être d'envie pour ces hallu-
cinées de plaisir qui épuisent, dans cette
prison de fleurs et de parfums, leur désir
ardent par des images et des simulacres
dangereux. Les pauvrettes ne sortent que
pour les cérémonies nuptiales, les pro-
cessions et les fêtes sacrées, lorsqu'elles
ont mission de danser derrière les chars
des idoles.

Quelques-unes se sont échappées, ont
erré dans la campagne aride, crevassée
par les ravines, où, de place en place,
apparaît la carcasse blanche aux côtes
soulevées de quelque bête morte de faim
ou sacrifiée aux dieux. Les vautours et
les corbeaux ont dépecé le corps, et les
os longtemps pâliront sur la route pous-
siéreuse.

Mais les filles d'amour ont marché
encore, ont fini par trouver des arbres

touffus, des bosquets pleins de fraîcheur
et des cours d'eau, au-dessus desquels
volent les libellules nacrées, les papillons
cornus de velours orange aux larges ailes
frémissantes. Et elles se sont installées
dans les retraites ombreuses, ne sortant
que le soir pour attendre, sur la route,
les voyageurs et les marchands qui, par-

fois, les accompagnent chez elles ou,
tout simplement, les prennent dans les
herbes et les fleurs. Ainsi, elles vivent,
avec la crainte constante d'être reconnues
par un brahmane, car ce serait la mort
pour elles.

Rares, cependant, sont les révoltées et
les vagabondes, le simulacre d'amour
suffisant à leur fièvre, à leur nature plus
avide de sensations que de sentiments. Il
y a, sous les temples, un long couloir
souterrain qui descend au bord du
Gange, et l'on raconte que, vers son
extrémité, on abattait jadis les femmes
coupables ou trop âgées, puis, que leur
dépouille était jetée dans les ondes avec
de lourdes pierres pour les empêcher de
remonter.

Ainsi se terminait le supplice de leur
vie inutile et morose, car la femme qui
n'est qu'un instrument de plaisir n'a plus
de raison d'être lorsque s'est éteinte la
flamme de ses yeux et que le miel de sa
bouche ne retient plus les hommes. Maintenant on se contente de réformer les danseuses malades ou affaiblies par l'âge, en
leur appliquant, avec un fer rouge, sur
la cuisse, la marque de la pagode où elles
ont servi.

Viamalah songeait et Schahabalu pleurait toujours.

— Dis-nous, fit Cœur de Lotus en
riant, ce que tu sais sur les baisers ?...

— Non, fit la petite, en secouant la
tête.

— Pour amuser Viamalah qui pense
à l'époux volage.

— Il y a sept sortes de baisers, murmura Schahabalu, comme si elle récitait
une leçon.

— Précise, pour nous prouver que tu
es une bonne élève.

— Il y a le baiser nominal, le mouvant,
le touchant, le droit, le penché, le tourné,
le pressé.

— Bon, quel est celui que tu préfères ?

— Je les aime tous.

— Voyez-vous cela !... Pourtant, tu
n'en connaîtras aucun cette nuit, Chec-
Chec !

— Je n'en désire aucun, je suis lasse !

— Quoi ! tu dédaignes même l'idole de
pierre ?

— Je suis trop laide ; elle ne me voudrait pas pour embrasser son pied nu !

— Oh ! elle veut toutes celles qui s'offrent.

— Commencez donc.

— Nous nous aimons mieux.

Les petites enlevaient aux plus grandes
les fleurs que toutes portaient sous la
ceinture lâche, et défaillaient sous les
baisers qu'elles quêtaient ensuite avidement. Une à une les écharpes tombaient,
et quand elles n'eurent plus que leurs
colliers et leurs bracelets, elles se prirent
par la main et tournèrent follement autour de l'idole. Les unes étaient presque
pâles de peau, avaient les gestes fiévreux
des pantins disloqués ; d'autres, nouvelle-

ment arrivées, gardaient dans leur chair des couleurs de terre et de soleil. Quelques-unes étaient franches dans ces amitiés passionnées et se disaient heureuses ; leurs relations devenaient presque conjugales ; elles n'avaient plus de désirs en dehors d'elles-mêmes, et n'acceptaient la visite des Brahmes qu'avec répugnance. Ces jours de visite étaient souhaités et redoutés par les dévédassi, car il se commettait alors dans le temple, au nom de la déesse Dourga, d'effrayantes débauches inconnues.

Mais on versait aux plus lasses des matières aphrodisiaques, mêlées aux vins de jujube et de lotus, on leur frottait les seins et certaines parties du corps avec un mélange de menthe poivrée, de muscade, de cantharide et de phosphore qui les galvanisait au point de les rendre dociles aux pires expériences. Elles tentaient avec joie les voluptés les plus dangereuses, et, parfois, expiraient avant la fin de la nuit, sans crier grâce.

Schahabalu frappe dans ses mains, les excite de la voix. Elles ont pris les lingas d'or de leurs parures et les choquent comme les castagnettes. Leurs pieds s'agitent frénétiquement, leur torse ondule, ploie et se balance en un mouvement de plus en plus vif. Leur crinière s'enfle, s'étale en éventail, en parasol, secouant autour d'elles une poudre brillante qui se mêle à la fumée des cassolettes. Après la farandole c'est la danse lascive ; les genoux s'écartent, les cuisses fléchissent, les mains semblent chercher l'amant passionné qui les attend et les implore ; puis elles se relèvent d'un bond en heurtant plus fort leurs bijoux sacrés.

Maintenant, après avoir butiné des baisers sur les lèvres brûlantes, ouvertes comme des fleurs, elles s'éloignent, rieuses, pivotent sur le bout d'un pied, battent l'air d'une jambe nerveuse, et prennent leur élan pour se poser plus loin dans des attitudes félines et sournoises. Avec un cri aigu, elles se jettent les unes sur les autres, se renversent et luttent pour une morsure ou une caresse.

Les plus expertes font mouvoir les seins et le ventre, roulent les hanches, se cabrent, se renversent en demi-cercle, balayant le sol de leurs cheveux ; d'autres se penchent pour saisir le papillon du rêve que leurs doigts fluets retiennent par ses ailes transparentes, et d'un effort, les bras levés, la croupe saillante, lancent aux voûtes leur désir ailé... Puis, les prunelles noyées, dans la nacre de l'œil, les paupières mi closes, elles demeurent immobiles, montrant la mousse brune de leur jeune corps. A la fin, elles osent toutes les attitudes ; celles que les dévédassi maîtresses leur ont apprises, et d'autres encore qu'elles imaginent. Elles se poursuivent et s'enlacent, se butinent et se pâment, se fuient et se reprennent, lèvres à lèvres, les seins tendus et mêlés. Une sueur fine fait briller leur corps ambré qui se lasse, s'énerve sous les étreintes. Enfin, elles s'étendent, les membres déclos, la corolle secrète de leur chair offerte au mystère d'amour. Elles appellent, elles rient, elles pleurent, leur voix se fait câline, enjôleuse, sanglotante, mouillée de désirs, et Cœur de Lotus, la première, s'approche du dieu de pierre...

XI

LES BRAHMES ET LES YOGUIS

Nassudamy, dans la cour du temple, est demeuré en prières ; puis d'autres yoguis sont venus se joindre à lui, et, durant une heure, ont gardé, accroupis par terre, l'immobilité la plus absolue.

Ils sont nus, avec des tatouages blancs et bleus sur le corps ; quelques-uns se sont mutilés ou gardent la trace de brûlures profondes.

Le brahmanisme, avec ses pratiques étranges, cruelles, meurtrières, bien qu'empreintes d'une poésie sauvage et grandiose, pousse l'âme peu à peu, dans les gouffres de la folie. Les imaginations de la trimourti sont horribles ou obscènes. Dans les théories des Védas, le dieu de toute science et de toute beauté ne se manifeste que par le viol et l'assassinat. Toutes les révélations supra-terrestres, tous les progrès humains ne sont déterminés que par une lutte sanguinaire et toujours triomphante. Les gymnosophistes et les initiés de Zoroastre ont puisé aux mêmes sources, mais c'est le faux Zoroastre, le Zoroastre noir qui est resté le maître de la théologie de l'Inde. Par le panthéisme qui règne aux derniers degrés de cette doctrine dégénérée, on arrive au matérialisme absolu, tout en niant obstinément la matière. La conséquence de ce panthéisme est la destruction de toute morale, la liberté dans le vice et dans la mort ; la puissance égale des ténèbres et de la lumière.

D'après ces dogmes, il est facile de comprendre l'exaltation progressive des brahmes, et leur grand rituel magique, la base de l'occultisme indien, l'Oupnek'hat, leur enseigne les moyens physiques et moraux de consommer l'œuvre perverse et d'arriver, par degrés, à la démence qu'ils considèrent comme l'état divin.

Les yoguis, ou élèves des brahmes, attendaient ce soir-là leurs professeurs qui devaient leur lire des passages du livre sacré et commenter les textes avec leur réelle et universelle érudition.

Exactement, les vénérés arrivèrent sur le premier coup de minuit, vêtus de blanc, avec une bandelette jaune dans les cheveux. Quelques-uns, très vieux, étaient d'une beauté majestueuse et sereine : les plus jeunes avaient de longues paupières sombres qu'ils abaissaient souvent sur leurs yeux trop brillants, pleins d'une fièvre mystique ou voluptueuse.

Les yoguis se prosternèrent, élevant leurs mains au-dessus de leur tête, en murmurant le nom du Créateur quarante fois de suite sans respirer.

— Aum !

Le plus âgé des brahmes monta alors dans une sorte de chaire à ciel ouvert, dont le pied de granit rose représentait un lingam géant tendu vers les étoiles. Auprès de cette cathèdre singulière un bassin de forme ovale, où s'épanchait une source, servait aux singes et aux vaches sacrées d'abreuvoir. Les bas-reliefs des murs déroulaient une ornementation érotique et fabuleuse, où les couples d'animaux se mêlaient aux couples humains pour de monstrueux embrassements.

Dans l'Inde, on n'est point choqué par ces images licencieuses que les vierges et les enfants contemplent d'un œil ingénu.

Le brahme prédicateur apportait le livre de l'Oupnek'hat qui est l'ancêtre de tous les grimoires et le plus curieux monument des antiquités de la goétie. Il est divisé en cinquante sections pleines de ténèbres. Mais des éclairs fulgurants le traversent parfois, rappelant l'évangile de Saint Jean, comme dans ces phrases :

« L'ange du feu créateur est la parole de Dieu.

« La parole de Dieu a produit la terre, les végétaux qui en sortent et la chaleur qui les mûrit. »

Le vieux brahme chercha le rituel magique des enchanteurs indiens et lut ce qui suit :

« Pour devenir dieu, il faut retenir son haleine aussi longtemps qu'on le pourra, puis envoyer mentalement son souffle à travers les cieux et se rattacher à l'éther universel.

« Il faut se rendre aveugle, sourd et aussi immobile qu'une pierre pendant des heures, en ne songeant qu'au Créateur qui est dans tous les animaux et protège la fourmi comme l'éléphant. La voix suprême se fera entendre de dix manières : Elle sera semblable au chant de l'oiselet, au son de la cymbale, au murmure d'un gros coquillage, au chant de la vinâ, au bruit du tal, au soupir de la flûte de bacabou, au gémissement du pakaoudj, au son de la trompette et enfin au rugissement du nuage. »

— Ddha ! ddha ! ddha ! firent les yoguis, en mettant leur front dans la poussière.

« A chacun de ces sons, poursuivit le brahme, le contemplateur passe par différents états, jusqu'au dixième où il devient dieu ! » Voulez-vous être semblables à la divinité ?

— Nous le voulons.

— Allez donc émerveiller le monde par vos jeûnes et vos supplices. D'ailleurs, si la Foi est profonde en vous, les plus affreux tourments vous procureront une inexprimable joie.

— Aum est grand !

— Rien ne doit vous retenir, ni l'eau, ni le feu.

— Aum est bon !

— Vous devez braver la mort dix fois par jour !

— Aum est puissant.

— Et vous subirez les épreuves de la pendaison, de la dislocation et de l'écrasement aux fêtes de la déesse Kali ?

— Nous les subirons.

— Vous mourrez s'il le faut ?

— Nous mourrons.

— Le martyre d'un homme réjouit la divinité pendant mille ans, et celui de trois hommes pendant trois mille ans !

Le brahme qui avait parlé descendit du lingam sacré, et jeta un peu de cendre sur la tête des yoguis prosternés, puis il demanda à Nassudamy quelle était cette femme qu'il avait amenée, car il n'ignorait rien de ce qui se passait dans le temple.

— C'est une des nôtres, répondit le jeune homme, et son zèle nous servira. Nous ferons un pèlerinage au bord de la « mère Ganga », nous cheminerons pieusement sur la rive sacrée du fleuve de toute croyance, nous irons sans nous fatiguer, de sa source à son embouchure, et nous fixerons, sur le lit de roseau des cadavres flottants, la petite lampe verte qui les guidera vers le séjour de liberté et de gloire. Siva, qui a pour tête et pour épaules les rochers de l'Himalaya, nous soutiendra comme il a soutenu tous ceux qui l'ont servi. N'a-t-il pas supporté le poids même de la rivière « tombant de son front comme un collier de perles dont le fil s'est brisé » ? Nous emplirons d'eau divine les fioles de carabé et d'améthyste que nous porterons dans des paniers d'or garnis de plumes de paon.

— Le chemin est rude !

— Nous nous reposerons dans les pays où les arbres entremêlent leurs branches comme des amants altérés de caresses, où les fleurs pâmées, comme des vierges qu'on viole, se changent sous les baisers du soleil en gommes ardentes, en aromates, en poisons...

— Une langueur vous prendra.

— Non, car après les délices des *dvipas* (îles verdoyantes), nous gravirons le Mérou, la montagne d'or où résident les dieux.

— Vous respirerez le soran (aconit) qui vous fera mourir.

— Les Palomen (Brahmanes) nous assisteront !

— Puis ce sera la *grichma* (saison des sueurs) qui vous conduira à la *varcha* (saison des pluies). Les vapeurs cuivrées s'enfleront en « tours » et en « éléphants », le tourbillon de la *maussim* vous engloutira.

— Nous nous abriterons sous le deodar et le figuier des banians qui peut couvrir tout un peuple en prières !... Nous serons forts, car nous aurons la foi !

— Vous serez forts par la foi, mais vous serez faibles par l'amour !

— Qu'en sais-tu ?

— Tu oublieras que tu as fait vœu de chasteté, et l'étreinte de cette femme affaiblira ta virilité astrale.

— Je l'aime en esprit et respecterai son corps... Je veux la consacrer à Kali, et, si les dieux le permettent, elle assistera à la fête de la déesse, assise sur le char.

— Sait-elle danser ?

— Non, elle chantera pendant les *sattis* (sacrifices humains) ; sa voix est douce comme un roucoulement de colombe.

— Va me la chercher.

XII

DANS LES PERLES, LES ROSES ET LE SANG !

Viamalah sommeillait sur son lit de jasmin et les dévédassi, les cheveux épais, mouillés de sueur et de parfums, gisaient aux pieds de l'idole. Elles étaient nues sur les fleurs mutilées, avec des traces de piqûres et de morsures aux seins.

L'une d'elles avait voulu jongler avec des poignards, et portait à l'épaule une plaie profonde dont le sang s'échappait goutte à goutte, glissait sous l'aisselle et formait, à terre, une petite mare qui s'élargissait toujours. Une outre de vin s'était répandue, et le fleuve d'or allait bientôt rejoindre le ruisselet rouge, entre les corps des dormeuses.

Schahabalu serrait contre elle une peau de léopard qui la cachait à moitié, le mufle de la bête caressant son sein délicat. Elle souriait à un rêve heureux, les lèvres mi-closes ; ses longs cils, doux comme des plumes frisées, faisaient ombre sur ses joues, et sa longue chevelure, violemment rejetée en arrière, comme dans l'imprévu d'une chute, s'étalait toute droite.

Ainsi couchées, abandonnées et dévêtues, on distinguait mieux leur race.

Les femmes d'Avantika avaient des formes développées, la poitrine ronde, le giron fleuri en triangle et ne s'épilaient que rarement. Elles étaient souples et ardentes.

Les femmes du Maharashtra, parfaitement belles, enseignaient, deux heures par jour, aux jeunes filles nobles de Bénarès, la théorie des soixante-quatre sortes de voluptés, selon le Kama. Elles étaient payées très cher et portaient plus de pierreries que les autres, avec un yoni-lingam de sardoine au milieu du front.

Les femmes du centre, entre le Gange et la Jumna, avaient la taille frêle et le bout des seins teinté de mauve. Elles tressaient des branches de jasmin autour de leurs jambes jusqu'au secret fleuri de leur beauté brune, et semblaient assez réservées dans leurs étreintes.

Les femmes de Patalipoutra avaient les lèvres fortes et les prunelles enfumées comme dans l'extase. On les disait infatigables, et les Brahmes les choisissaient de préférence aux autres.

Les femmes de Punjab, aux hanches étroites, presque garçonnières, aux cheveux floconneux, couverts de poudre rousse, aux pieds mignons bagués d'opales, recherchaient l'amitié de leurs compagnes ; de même les danseuses de Malva et d'Andhra. Ces dernières, aux yeux vifs à reflets d'aigue-marine, portaient les cheveux réunis au sommet de la tête par une étoile de saphir et se parfumaient tout le corps six fois par jour. Elles se déclaraient satisfaites de leur sort et ne quittaient presque jamais la pagode ; mais elles étaient sujettes aux maladies nerveuses, avaient des crises fréquentes qui les renversaient sur le sol, agitaient leurs membres d'un tremblement convulsif et leur mettaient une légère écume aux lèvres. On les disait alors possédées des Pitris.

Les femmes de l'Oude, d'Aparatika et de Lat avaient des formes harmonieuses, des paupières largement fendues sur des prunelles de velours sombre, des jambes fines, de larges flancs et des seins charmants toujours en révolte. Elles se couvraient de verveines et recherchaient toutes les sortes de baisers.

Quant aux femmes de Vanavasi et aux Dravidiennes, elles étaient d'une taille plus élevée que les autres, portaient des coiffures de plumes et mimaient surtout les épisodes guerriers des anciennes légendes. On les croyait insensibles et fières, malgré leur beauté ardente, leurs yeux de soleil et leur croupe onduleuse. Quand on leur demandait la cause de leur froideur, elles répondaient :

— Nous méprisons les hommes et nous dédaignons les femmes... les dieux nous visitent pendant notre sommeil...

— Quels dieux ? des incubes, alors ?...

— Oui, mais il y a aussi les succubes qui sont les déesses de la nuit... Rien ne saurait rendre la douceur de leurs baisers. Nous ne songeons point aux hommes, mais nous évoquons ces esprits voluptueux.

— Des vampires, des lémures, des larves haineuses !

— Non, des êtres de joie et de force.

Les femmes qui faisaient commerce avec les Pitris mouraient presque toutes de mort violente ou se suicidaient.

Parmi ces dévédassi, pourtant si séduisantes et choisies avec soin, Viamalah était encore la plus accomplie. Elle avait, surtout, un charme pénétrant et rare épandu jusque dans l'ongle de son petit doigt, une façon irrésistible de sourire, et ses regards d'ombre chaude enveloppaient les êtres d'effluves magnétiques, doux comme des frôlements. Elle était aussi d'une race supérieure, plus affinée et plus vaillante, une intelligence se dégageait d'elle comme un parfum s'échappe d'une corolle. Parmi ces joyaux superbes, mais accessibles aux fantaisies fastueuses des privilégiés, elle était le bijou unique que cherche l'artiste poète durant toute une vie.

Nassudamy, penché sur elle, la contemplait ardemment en prononçant des paroles indistinctes. Alors, sans ouvrir les yeux, endormie toujours, mais obéissant à son pouvoir fascinateur, elle se leva, rajusta ses voiles et le suivit.

Le vieux brahme attendait, debout, serein et majestueux sur sa chaise de granit rose qu'il recouvrait d'un pan de sa robe blanche. Nassudamy appuya les mains sur les épaules de la jeune femme et la fit ployer lentement, jusqu'à l'agenouillement devant le chef.

— Elle est belle, dirent les autres, et pourrait servir à nos plaisirs. L'œuvre de chair aussi est agréable aux dieux, et nous chercherions avec ce lotus de miel, ce calice d'élection, de nouvelles voluptés très rares et très difficiles.

— Non, fit Nassudamy avec autorité, les Pitris m'ont révélé l'avenir, et Viamalah doit rester vierge pour l'accomplissement des volontés mystérieuses de la divinité. Je vais l'emmener à travers le monde pour éblouir les âmes !...

— C'est dommage ! murmura un brahmine aux longs yeux caressants et lumineux, aux lèvres sensuelles, c'est dommage !... Les femmes sont de beaux fruits que les dieux ont mis sur notre route pour calmer la soif d'amour, elles n'ont point d'autre mission...

— Je pense différemment.

— Vous allez contre les intentions divines en donnant à ces êtres inférieurs une importance qui peut les rendre présomptueux et vains... Il ne faut demander à la femme que la perfection des formes et la soumission aux caprices de l'homme.

— Je vous abandonne toutes les dévédassi du temple, qui ne sont que des

poupées de luxure, mais je garde celle-ci qui est de race illustre et que j'ai vouée à la déesse.

— Tu n'es qu'un yogui ! crièrent les Brahmes affolés par la beauté de Viamalah qui, toujours endormie, venait, dans un mouvement inconscient, de dévoiler ses seins aux pointes d'ambre rose et son dos plus poli que l'ivoire.

Mais le vieux brahme leur imposa silence, sans doute parce que ses désirs n'ardaient plus depuis longtemps, et que, ne pouvant posséder cette corolle d'élection, il préférait qu'elle ne fût à personne.

— Dites-leur que j'ai raison ! supplia Nassudamy, en se prosternant devant la chaire auguste.

Mais, le vénéré ouvrit un livre kabbalistique, qu'il gardait pour les questions embarrassantes, et lut, parce qu'il n'avait plus l'improvisation facile, et que

les mystères des livres sacrés répondent à tout, n'expliquant rien.

« Le vulgaire prend habituellement en toutes choses l'ombre pour la réalité. Il méprise la lumière et se mire dans l'obscurité.

« Les forces de la nature obéissent à ceux qui savent leur résister. Celui-là dispose de l'amour des autres qui est maître du sien. Voulez-vous posséder ? Ne vous donnez pas. »

— Je ne me donne pas, je prends, dit Nassudamy, et ma force astrale est si grande que je sortirai de mon tombeau pour confondre les hommes. Celui qui voit l'essence individuelle des êtres résidant dans l'unité et tirant de là son énergie marche vers la toute-puissance !

Le vieux brahmane passa plusieurs pages. Comme il approchait de sa fin, l'idée de la résurrection l'intéressait beaucoup plus que l'amour. Il lut :

« La mort est toujours précédée d'un sommeil léthargique et ne s'opère que par degrés ; la résurrection est possible, lorsque la volonté n'a point déserté le corps, et beaucoup d'êtres achèvent de mourir après leur inhumation. Une énergie lucide peut agir sur la masse de la lumière astrale, et, avec le concours d'autres énergies qu'elle absorbe, déterminer de grands et irrésistibles courants de vie. »

Ici, le vieillard se livra à quelques réflexions personnelles, que la peur de mourir lui avait soudain suggérées, malgré la fatigue de l'âge, et il parla abondamment et confusément sur beaucoup de questions obscures qui pouvaient s'interpréter de toutes les façons. D'ailleurs, il est à remarquer que les choses absurdes sont les seules qu'on ne combat jamais.

— Mon fils, je te donne le pouvoir sacré. Il te sera loisible, par une émission véhémente de fluide magnétique, de foudroyer un être vivant.

— Cela m'était déjà possible.

— Peut-être. D'ailleurs, ta force surnaturelle s'étendra plus loin encore. Tu possèdes la lumière astrale, l'élément de l'électricité et de la foudre que Siva met quelquefois au service de la volonté humaine. Tu connaîtras, puisque tu as commerce avec les Pitris, les lois mystérieuses de l'équilibre qui asservissent les puissances bonnes et mauvaises. Mais il faudra purifier ton corps par les épreuves de la vie factice et de la mort apparente ; il faudra lutter contre les vampires de l'âme, les fantômes de l'hallucination et saisir la clarté qui passe sur nous avec la rapidité de l'éclair ; il faudra égorger les chiens farouches qui aboient dans les rêves, et mesurer sans terreur la profon-

Alors, elle se roula à ses pieds, en suppliant et en pleurant. (Page 71.)

deur de l'abîme où peut te faire choir le moindre faux pas !... Souviens-toi toujours que si tu n'es pas pur de corps et que si la domination de quelque passion terrestre te soumet encore aux fatalités de la vie, tu te brûleras à tes propres feux.

— Je m'en souviendrai. D'ailleurs, le but suprême est atteint de deux manières : Les contemplatifs s'appliquent à la connaissance (jnana) ; ceux qui pratiquent l'union mystique s'appliquent aux œuvres (karma). J'imiterai ces derniers.

— Les dieux t'ont donné assez de puissance magnétique pour fasciner les bêtes féroces et, à plus forte raison, des hommes...

— Je ne redoute ni les bêtes ni les hommes...

— Par les projections de ta lumière astrale, tu feras tressaillir les plus invincibles. Les animaux n'attaquent que ceux qui les craignent. Tout être intrépide et désarmé peut faire reculer un tigre par le magnétisme de son regard. Le monde est peuplé de fauves... Va combattre pour la bonne cause !

Quand il eut terminé, il demanda à Nassudamy s'il désirait que la vierge fût définitivement consacrée à la déesse Parvati, et sur la réponse affirmative du fakir, il saisit un lingam de bronze qui rougissait sur le feu sacré d'un réchaud, et en toucha la néophyte entre les seins.

La peau fuma, crépita, une âcre odeur de chair brûlée couvrit le parfum de l'encens et Viamalah se renversa en poussant un grand cri.

XIII

Achilgar, pourtant, auprès d'Ourvasi, la courtisane experte, songeait toujours à Viamalah. Il avait revu Rayon de Miel et Gloire de la Lune qui lui avaient appris, en pleurant, la fuite de leur maîtresse, et, plus féru d'amour que jamais, il avait oublié ses griefs.

— Petit homme de joie ! que t'ai-je fait ? soupirait Ourvasi, pour que tu méprises mes plus ardents baisers ?...

— Ne t'ai je point dit que j'appartenais à une autre de cœur et d'âme ?... Je ne méprise rien, mais je suis malheureux !

— Et tu veux aller aux fêtes de la déesse ?

— Je le veux !... Aujourd'hui même, dans un instant.

— Mais tu la reverras, cette possédée des Pitris maléfiques !

— C'est mon plus cher désir.

— Et tu quitteras la pauvre Ourvasi pour suivre cette femme damnée qui te fera périr !

— Je périrai, si telle est la volonté de Siva.

La courtisane était très habile à effondrer les moelles et à granuler les reins. Ses caresses, pour Achilgar qu'elle se prenait à aimer, avaient un emportement extrême. Il demeurait étendu, les nerfs douloureux, et sa cervelle lui semblait sauter et se fondre, décollée sous la peau du crâne... Elle se courba encore, l'étreignit, mais il la repoussa, se mit debout et voulut partir. Alors, elle se roula à ses pieds, en suppliant et en pleurant. Ne sachant plus comment le retenir, elle avait sacrifié son admirable chevelure, qu'elle avait liée en trois touffes retenues par des yeux de chat de Ceylan. Ces trophées d'amour vinrent parer la ceinture d'Achilgar et lui prouver le cas que l'on faisait de sa personne.

Fier, malgré tout, il se contempla de profil et de face dans le haut miroir d'Ourvasi, balançant les queues soyeuses qui frôlaient ses talons. Elle battit des mains, en penchant sa petite tête garçonnière, aux mèches drôles, inégalement coupées.

— Tu vois ! Tu vois !... Quel plus grand témoignage de passion pourrais-je te donner ?...

— Tu es une bonne fille, dit-il, négligemment, et tu sais vraiment d'étonnantes caresses... Mais tu étais plus jolie avec tes cheveux !... Et maintenant, laisse-moi ; le dingui m'attend, près de la terrasse, pour me conduire au lieu de la cérémonie... Merci pour le don royal que tu m'as fait. Je ne l'oublierai pas.

XIV

La fête de la déesse Kali est la plus grande solennité du calendrier hindou.

Elle dure quinze jours, et rien ne saurait donner une idée de l'enthousiasme qu'elle soulève parmi la foule fanatique. Lorsque la vinâ et le tal se firent entendre, annonçant le passage du cortège, les rues étaient noires de peuple, de fidèles, de curieux et d'étrangers que les *dobashi* et les *baboo* (interprètes) guidaient aux

meilleures places, malgré les plaintes et les protestations.

Des femmes passaient, offrant de l'eau du Gange dans des vases arrondis de cuivre ou de terre ; d'autres vendaient des feuilles de bétel, et les corbeaux, profitant de l'inattention, volaient, dans les corbeilles, le froment, l'orge et le riz destinés aux offrandes.

La foule sentait l'huile de coco et de bois de santal ; des filles aux joues, au front, au nez couverts de plaques et de coquillages, ou finement tatouées, frôlaient les hommes qui, pieusement silencieux, fumaient leur houka, en attendant la déesse ; car l'idée religieuse domine tout, efface tout, règle les actions, étreint les consciences, moule les cœurs, gouverne la pensée, prime les intérêts, les préoccupations, les désirs...

Le soleil tombait en flots de feu sur les murs, les colonnades, les coupoles et les terrasses. Mais tous les quartiers de la ville, que ne devait point traverser le char de Kali, restaient déserts. On aurait pu parcourir, sans rencontrer même une guenon, le labyrinthe des ruelles emmêlées, tortueuses, devant les façades branlantes des maisons roses et blanches aux balcons de bois. Le ciel, aperçu entre les constructions bâtardes, semblait un feston bleu, courant au hasard d'une puérile fantaisie. Quelquefois, de grandes peintures licencieuses zébraient les murailles, et l'on devinait, par elles, la liberté des mœurs, l'épanouissement d'une prostitution sans limites, malgré la sainteté de l'endroit.

Mais les courtisanes étaient à la fête, dans leurs vêtements brochés de gemmes, à côté des filles du peuple sentant le fauve, des femmes de la campagne à la peau gorgée de soleil, dans l'irradiation des pavois hindous aux squames imbriquées par des artistes fastueux et barbares.

Voici d'abord les musiciens, les sonneurs de trompe, levant leur gigantesque instrument qui ressemble à un lotus de cuivre ; les joueurs de flûte de bacabou, de vinâ, de tal, de pakaoudj. C'est un ensemble barbare de mueglements sonores et de gémissements aigus. Après les stridents éclats des trompettes, les assourdissants vacarmes des tubas, les roulements de tonnerre des cymbales hindoues, la phrase musicale se termine en gémissement de hulotte, sur de petites notes perlées infiniment tristes.

Voici les vierges tenant des statuettes d'or, réduction de la déesse, et des branches de jasmin. Sous le ciel en fusion, toutes les facettes des joailleries s'embrasent ; les pierres semblent vivre comme des insectes de lumière, courir sur le corps de la femme qu'elles dessinent en traits ardents, qu'elles piquent au cou, aux jambes, aux bras, — pourpres comme des braises, vertes comme des rayons de lune.

C'est maintenant le premier char massif, ayant deux énormes poutres pour essieux que portent quatre roues pleines. La base, en planches d'assemblage, est couverte de sculptures bestiales, érotiques et fabuleuses où les étreintes mêlent les sexes des bêtes et des hommes. Il y a des prêtresses aimées par des tigres, des enfants pris par des dragons, et d'autres accouplements plus singuliers. Sur le soubassement s'élèvent des échafaudages à claires voies, qui forment une immense pyramide. Des étoffes soyeuses, incrustées d'olivines, de sardoines, de béryls et de chrysolithes descendent du sommet, retenues par des touffes de fleurs, des guirlandes légères ; et, tout en haut, règne un tronc colossal qui contient les cendres du dieu Krishna. Krishna, l'incarnation la plus populaire de Wishnou, est adoré partout. Ses fervents le considèrent comme le créateur du monde, le dieu magnifique, éternellement jeune et actif. Les femmes célèbrent sa virilité et son ardeur. Elles le chantent en vers et en prose, couchent avec elles ses statuettes de jade et d'or, le voient, l'étreignent, se donnent à lui dans leurs rêves les plus érotiques. Krishna est le héros du grand poème fameux dans l'Inde entière sous le nom de *Mahabharatta*. Son étendard déroule une palombe noire et un taureau. Il est l'Être suprême ou le mâle primordial (upuruscha).

L'idole est coiffée d'une sorte de tiare, les jambes rapprochées, les mains sur les genoux. Des étoiles constellent la robe de drap d'or qui tombe toute raide de chaque côté. Le dieu porte le joyau *Samantaka*, talisman de bonheur semblable au soleil.

Autour de cette figure hiératique, brûlent des parfums qui montent en âcres spirales.

Montés sur le char, les prêtres excitent, par leurs gestes et leurs cris, tout un peuple attelé à d'énormes câbles qui traîne l'idole sur le corps des dévots prosternés. Les membres craquent, le sang coule, mettant des caillots de pourpre sombre dans le sable et les fleurs. Ce sont des poitrines ouvertes, des crânes décalottés par le fer des roues, entaillés, trépanés par des pointes, des intestins dévidés du ventre, frémissant encore comme

des tronçons de serpents ; des membres disloqués, cassés, des os mis à nu, des faces écrasées, suant les yeux comme des boules gélatineuses retenues par des fibrilles rouges.

Quelques-uns, un pied, une main, un bras arrachés, se traînent misérablement, livides, les traits horriblement contractés ; mais les assistants les repoussent sous les

roues, jusqu'à ce qu'ils ne soient plus qu'une bouillie sanglante.

Voici, de nouveau, dans un frissonnement d'amulettes, de coquilles, de paillons, de colliers et de plaques, des vierges brunes aux yeux d'émail doux et indifférents. Elles portent sur leurs épaules des statuettes aux bras maigres, aux seins lourds, les mains ouvertes appuyées sur le ventre. Des enfants, derrière elles, jettent des fleurs et tournent frénétiquement. Ils sont complètement nus, avec des dessins noirs et rouges sur le corps, leur face et leurs jambes sont dorées. Ils ne se détournent pas des cadavres et des agonisants. Sans pitié, comme sans répugnance, ils foulent les corps et jettent au hasard leur jonchée odorante dans le sang et la boue.

Voici des cavaliers, fièrement assis sur leurs chevaux noirs qui hennissent et se cabrent, des princes de toutes les contrées, montés sur des éléphants dont les chabraques et les haoudars, indurés de cabochons de péridots, d'amaldines et de marcassites chatoient dans la lumière. C'est une cohue singulière d'hommes, de bêtes, de divinités monstrueuses, de pénitents, de bourreaux, de vivants et de morts qui annoncent la déesse Kali.

La voici, sur son char, souriante et cruelle, avec ses colliers de vertèbres et de phalanges. Elle porte une sorte de chape brodée de dents humaines et de petits os formant de curieuses arabesques sur fond de pourpre et d'or.

Des piliers, émaillés de briques polychromes, de lapis et de sardoines, entourent le char, reliés par des guirlandes de fleurs dont les pétales tombent mollement. Les brahmes, à la figure jaune, parchemine, annelée de rides, décimée par l'âge, marchent à droite et à gauche, majestueux et calmes, le front ceint de cordelettes. D'autres, plus jeunes, suivent avec les fakirs ; et les dévédassi, toujours en mouvement, balancent les cassolettes de parfums qui dégorgent des nuées de vapeur dans la poussière jaune.

L'odeur perverse des aromates, l'atmosphère orageuse et lourde, crispent les nerfs ; des cris s'élèvent réclamant les danses. Schahabalu et Cœur de Lotus se détachent les premières pour les pas lubriques de la « corolle ardente ». Leurs seins ondulent et, au frottement des plaques de pierreries qui les frappent, leurs bouts se dressent, demeurent en arrêt, tandis qu'elles impriment à leur croupe et à leurs hanches un mouvement de plus en plus vif. Comme leurs compagnes, elles ont des voiles couturés de perles, ramagés d'argent, et un corselet très bas, maillé de saphirines et de chrysobéryls. Elles ressemblent à des scarabées aux élytres scintillantes qui remuent dans le soleil.

Assise sur le char, aux pieds de Kali,

Viamalah les domine. La face solennelle, recueillie, presque auguste, elle demeure immobile comme une nouvelle idole. Ses seins, son ventre, ses cuisses sont cuirassés de gemmes qui entrent en combustion, croisent, mêlent, enfouissent un grouillement de feu sur sa peau de velours pâle. Concentrée, les yeux dilatés et fixes, elle ne voit ni le sang, ni la foule, ni les vierges marchant indolemment dans la sanie des chairs écrasées et des muscles. Elle est absente, perdue dans un rêve mystérieux, et balance, au bout de ses doigts glacés, une grande orchidée blanche.

— Viamalah ! Viamalah !...

Ce cri part de la foule, et la vierge a tressailli. Mais ses regards, obscurcis par la fumée des feuilles de jusquiame et de datura, interrogent vainement la cohue bigarrée qui ondoie autour du char, excite la rage criminelle des prêtres.

De nouveaux fanatiques se jettent la tête sur les réchauds de cuivre, hument frénétiquement l'odeur des solanées sèches et de la myrrhe, puis, chancelants, étourdis, le cœur chaviré, se font enfoncer des crampons de fer dans les chairs, profondément, et, suspendus à des mâts mobiles, décrivent dans l'air des cercles et des ellipses que ponctue une abondante pluie rouge. D'autres se crèvent les prunelles, et remuent avec leurs doigts le lait sanglant des yeux ; d'autres se frappent la tête contre les roues jusqu'à ce que la cervelle saute du crâne. Presque tous sont horriblement maigres et, parfois, une écume sort de leur bouche tordue ; ils se disloquent comme des pantins, sautent de côté et d'autre, s'accroupissent, pivotent, poussent des clameurs stridentes pour s'entraîner au martyre, qu'ils supportent, alors, avec une impassibilité absolue. Dans les dos décharnés entrent les crocs puissants, tordant les muscles, raclant les os : la blessure se creuse, s'élargit toujours, les tendons cèdent et l'homme, comme une loque pourpre, vient s'écraser sur le sol.

Ceux qui n'ont point subi le supplice des mâts, se font enfoncer des coins dans les jambes, et lentement leurs os se brisent, ressortent, de côté et d'autre, comme des bâtonnets inégaux. Les brahmes, animés d'une ardeur meurtrière, tirent, sous le menton des patients, des lanières

de chair, en font une sorte de collerette
tortillée. La peau des cuisses se taille en
rubans rosés, se lie en nœuds veloutés
sur les reins et les hanches ; la peau du
ventre se retrousse comme un sac dont
émerge une tête convulsée.

Voici une jeune fille qui s'est fait piquer dans la chair des tiges de fleurs. Elle
est entièrement vêtue de corolles jaunes
épanouies qui pompent la chaude rosée
de ses veines. Ses mains, en cadence,
frappent des cymbales d'or ; elle danse
autour du char et ne paraît ressentir aucune douleur.

Deux autres s'ouvrent le sein, tournent
et retournent la lame dans le trou tiède,
s'agenouillent et offrent la blessure vive
à des brahmes qui les possèdent ainsi
aux cris frénétiques de la foule.

D'autres vierges suivent, se dépouillent
de leurs voiles, veulent recevoir la caresse mortelle, et supplient les prêtres de
les exaucer. Bientôt des corps enlacés
roulent sur les blessés et les agonisants.
Les râles d'amour et de mort se
mêlent.

Certains présentent une face
inouïe où les yeux, chassés des orbites, coulent sur les joues comme
deux énormes larmes écarlates.
D'une main, ils se cramponnent
au char de la déesse, de l'autre, ils
s'ouvrent la poitrine avec les ongles. Leur abdomen est parcouru
de secousses folles, comme si des
reptiles grouillaient sous la peau,
et ils meurent lentement en hoque-
tant affreusement, car la déesse ne veut
point qu'on les achève.

— Viamalah ! Viamalah !

Toujours immobile, son orchidée pâle
entre les doigts, Viamalah semble étran-
gère, absente, et le carrousel rouge qui
tourne sur sa tête, fait pleuvoir, le long
de son corps et dans ses cheveux, la rosée
ardente des veines ouvertes, est invisible
pour ses regards lointains, embrumés de
rêve.

Les dévédassi, grisées par l'odeur du
sang, les tourbillons âcres des aromates,
tournent plus vite, tendent le flanc et la
croupe, se baissent et se relèvent, serrent
avec des cris rauques le bout de leurs
écharpes entre leurs cuisses qui houlent.
Une fine sueur micace leur peau brune
frottée de baumes véhéments, la nacre de

leurs dents brille entre leurs lèvres nerveusement retroussées.

— Viamalah ! Viamalah !

Comme galvanisée, la vierge s'est
dressée sur le char. Le réseau de pierreries qui cuirasse son ventre et ses seins
rutile comme des écailles de dorade. Elle
relève les bras, se courbe en arrière, jus-

qu'à balayer le sol de l'écheveau noir de
sa nuque, puis, lentement, comme un roseau tourmenté par la rafale, se redresse.
Tout son corps porte sur le bout de l'or-
teil, elle devient un insecte merveilleux,
une libellule métallique, prête à s'envo-
ler au-dessus des monstrueux calices de
chair et de sang qui fument à ses pieds.
Ses voiles lamés de saphirs aux étincelles qui grésillent dans une eau limpide
et froide, palpitent comme des ailes, les
antennes de diamants de sa couronne se
balancent, elle va prendre son essor, fuir

le lac rouge purulent, décomposé, déjà,
où rampent les larves humaines.

Les assistants, frappés d'étonnement
par l'apparition merveilleuse, se prosternent, croient voir une idéale incarnation
de Kali.

Mais Viamalah, légère, a bondi sur le
sol ; deux bras l'étreignent, la soulèvent,
l'emportent et Achilgar, avant que les
brahmanes aient pu s'opposer à ce rapt,
regagne son dingui et s'éloigne à force
de rames.

XV

LES BAISERS DE VIAMALAH

— Enfin, c'est toi, cher Sourire !

— Achilgar !

— Viamalah !

— Ah ! tu ne me quitteras plus, dit-elle ; il me semble, maintenant, que je ne
suis plus la même et que les Pitris
malfaisants se retirent de moi !

— Les Pitris ?...

— Oui, leur vol ténébreux ressemble
à celui des chauves-souris et leur essaim
me cachait le ciel !

— Pardonne-moi, je suis coupable
aussi...

— Certes, il fallait me défendre, lutter
contre l'influence maléfique.

— Il y a autre chose encore...

— Quoi donc ?...

Achilgar, pour toute réponse, attira
Viamalah contre lui et posa délicieusement sa bouche sur la sienne. A quoi bon
parler de la courtisane Ourvasi ? N'était-elle point morte pour le jeune homme ?
Avait-elle seulement existé ?...

— Prends-moi, murmura Viamalah,
en fermant les yeux, et en l'étreignant
plus fort, je serai délivrée quand je serai
tienne... Prends-moi !

— On nous suit peut-être... Y songes-tu, chère Volupté !...

— Ah ! tu as raison...

— Mais bientôt.

Et, tout doucement, sans qu'elle y prît
garde, il détacha les trois touffes de cheveux qui lui venaient d'Ourvasi, et qu'il
portait encore à sa ceinture, les jeta dans
le Gange pour qu'il ne restât rien de sa
passagère folie.

Les cheveux soyeux et légers, algues
noires, s'éparpillèrent dans le courant,
s'en allèrent au fil de l'eau ; mais l'œil-de-chat que la fille galante y avait glissé
s'anima soudain d'une flamme vengeresse.

Viamalah posa la tête sur l'épaule
d'Achilgar, demeura silencieuse. Une passivité de fatigue et d'écrasement la
courbait de nouveau ; un grand calme
apathique la mettait comme au delà des
sensations humaines. Excepté cette communion d'amour, elle n'attendait plus
rien, n'espérait plus rien, n'était plus
touchée par rien. Son être se dédoublait
de nouveau, cessait d'appartenir au mystérieux yogui, au maître des charmes et
des envoûtements. Elle redevenait une
créature terrestre, une petite fille de douceur et de tendresse, la compagne soumise de l'homme, qui trouve tout son bonheur dans l'obéissance, et s'incline sous
le désir du maître comme le roseau sous
la brise.

Après la longue et énervante fuite sur
l'eau trouble du fleuve, elle rentra au palais, et fut reçue par ses trois suivantes

qui, depuis sa disparition, n'avaient porté, dans leurs cheveux, que des orchidées flétries au calice vénéneux de gouges sylvestres.

Comme au départ, elle voulut se purifier dans la vasque de porphyre plaquée d'émaux, pavée d'hydrophanes laiteuses, qui ne brillent que mouillées ; et les huit trompes d'éléphant cerclées de rubis de Sudomanie lui versèrent l'eau aromatique.

— Fleur de Comète, on dit que tu étais sur le char de la déesse ?... demanda Rayon de Miel avec curiosité.

— C'est vrai.

— Qu'as-tu vu ?... Du sang ! du sang ! encore du sang !... n'est-ce pas ?... Un fleuve ardent où tu baignais les petits pieds ?...

— Je n'ai rien vu.

Comment, tu n'as vu ni les supplices, ni le ruisseau rouge qui coulait au loin, s'allongeait toujours ?...

— Je n'ai rien vu, répéta Viamalah.

— Est-ce possible ?

— Je dormais, sans doute, de ce mystérieux sommeil qui me saisit à tout moment... Et cela vaut mieux ainsi, car je n'aurais pu supporter un tel spectacle !

— Bah ! les victimes ne sentaient point la douleur, et leur martyre était agréable aux divinités.

— Ah ! pourquoi ne nous as-tu point rapporté une tubéreuse trempée dans le sang d'un yogui ?...

— Ou la touffe de cheveux d'une jeune fille scalpée par un brahme, une mèche odorante, enroulée sur une plume de perroquet blanc ?...

— Ou un bracelet de dents sans défauts, semblables aux hydrophanes de cette vasque ?

— Ou un collier d'ongles polis comme des agates ?...

— Taisez-vous ! cria Viamalah, vous me révoltez avec vos imaginations cruelles !

— Cruelles !... Pourquoi ?... Est-ce que tous les suppliciés ne se sont pas volontairement offerts à la déesse ?... Sois persuadée, petite Fleur, qu'ils n'ont ressenti aucun mal. Ces tourments ne sont rien auprès de ceux qu'éprouvent les fervents du temple de Djagganath qui se font enterrer jusqu'à la tête et meurent lentement dévorés par les mouches.

— Il y a aussi, dit Gloire de la Lune, ceux qui se font griller à petit feu, tout doucement, tout doucement, et ne cessent de chanter la gloire de la déesse, tandis que leur chair fume, grésille et se soulève comme du papier de riz ou de légers copeaux !

Rayon de Miel fermait à demi ses paupières ingénues.

— Je boirai, fit-elle, le sang des tigres comme les *chamanes baïga*, pour contempler la divinité, et j'irai pieds nus à Djadjpour, la ville du sacrifice !

Gloire de la Lune caressait doucement les seins de Viamalah avec un chiffon de soie imbibé d'essence de sarcanthus, afin de prolonger les désirs d'Achilgar, de les rendre plus impérieux, plus véhéments. Elle souriait en humant l'arome amoureux qui se dégageait du corps tiède, en bouffées lentes ou agiles, suivant les gestes.

— Viamalah, dit-elle, parle-nous du temple où tu t'es réfugiée ?... Tes souvenirs, sur ce point, doivent être plus précis ?...

— Oh ! fit Rayon de Miel, les yeux écarquillés, est-il vrai que tout ce que nous savons sur la volupté ne puisse nous donner une idée de ce qu'imaginent les dévédassi ?...

— Est-il vrai, demanda à son tour Parfum céleste, que l'idole de pierre exauce chaque jour les vœux de plus de cent adoratrices ?...

— Je n'ai point vu l'idole de pierre, murmura Viamalah avec lassitude, je n'ai rien vu, vous dis-je, j'ai dormi.

Sa voix, mystérieuse et lente, semblait venir de très loin, du fond d'un rêve. De nouveau, la fièvre de l'inconnu la dominait : elle songeait à son idéal inassouvi, à cet amour qui la poussait vers un homme et qu'une sorte de fatalité ne lui permettait pas de satisfaire. Toute la misère de ses efforts inutiles lui refoulait le cœur. Elle étreignait ses petites amies, se réfugiait, ainsi qu'une enfant malade, en leur compatissante tendresse.

— Bercez-moi.

Mais elles la repoussèrent, en riant.

— Achilgar t'attend... Ne veux-tu pas, enfin, le rendre heureux ?...

— Oh ! si, je le souhaite... Frottez-moi de tous les aromates qui exaltent les sens.

— Il faut lui mettre dans les cheveux, dit Rayon de Miel, de la poudre de musc-tonkin qui fait chanter le pinson douze fois en douze heures.

— Il faut verser, sur ses bras, de l'essence de spikanard et de lavande du Bengale pour que ses étreintes soient irrésistibles.

— Et, plus bas, nous mettrons une

précise fusion d'extrait de tubéreuse, de jasmin et d'amande...

Viamalah s'abandonnait aux mains expertes de ses suivantes, décidée à ne rien négliger pour accomplir l'œuvre de chair, recevoir et donner la manne d'amour.

Dans la touffeur exaspérée de la pièce fumait une braise de parfums qui, peu à peu, grisait les jeunes filles, les faisait ployer comme des tiges de lotus au crépuscule.

— Tu es prête, maintenant, déclara Gloire de la Lune. Va et que Kama t'assiste !

XVI

L'ENVOUTEMENT SUPRÊME

Viamalah rejoignit Achilgar dans le jardin où il errait mélancoliquement, arrachant, de ci, de-là, des baies violettes qu'il écrasait entre ses doigts pour en faire jaillir les pépins d'or.

Elle le fit asseoir sous un mancenillier — car l'ombrage de cet arbre, loin de donner la mort, incite aux voluptueuses langueurs. — Le vent passait dans les bouillées de bambous et les buissons de lantanas dont les branchettes, en se jouant, imitaient les trilles des flûtes de roseaux, enflaient ou perlaient de petites notes argentines. De minces lézards roses couraient sur les pierres, des perruches vertes, mangeuses d'abeilles, à chaque instant s'abattaient sur les lourdes corolles pour y cueillir un insecte velouté de sépia et d'ocre qui ne se débattait même pas, ivre de parfums.

Viamalah, toute nue, les cheveux mêlés de tubéreuses, tenait entre ses lèvres une noix de bétel qu'elle présenta à son époux en gage de tendresse et de soumission. S'étant agenouillée devant lui, elle récita quelques strophes du poème de *Jayadéva* afin d'adoucir les dieux.

« Krischna, mon âme est pleine de toi ! de toi dont le chalumeau enchanteur module des accords que divinise encore le nectar de tes lèvres tremblantes !... A tes oreilles pendent des serpents de feu, et ton œil lance la flamme du désir. Ta chevelure est couronnée de plumes de paon qui montrent leurs lunes versicolores : ton manteau est comme une draperie de la voûte azurée rattachée par l'arc-en-ciel, et ta bouche ressemble à la fleur du Bandhujiva qui se gonfle sous le baiser des vierges ! Ton front fait scintiller une pierre de lune sans tache, et, sur ton sein, frissonne l'olivine qui a la forme du poisson macar sur la bannière de l'amour !

« O Krischna, mon faible esprit énumère toutes les grâces, et, quoique dolent de ton injure, s'efforce d'oublier et d'espérer !... Comment ferait-il autrement, puisqu'il ne peut se détacher et qu'il a

mis en toi toute sa fièvre de volupté !...
Ah ! lance sur moi les bienfaits, comme
un époux lance sa semence ! »

Achilgar, ayant mâché quelques feuilles de bétel, répondit par cette autre
strophe du *Gita Govinda* (chant du
Berger) :

« Pardonne-moi ; je ne te ferai plus
pareille peine !... Accorde-moi seulement
un soupir, ô véhémente Rhadica, ou je
succombe à mon remords !... Ne vois pas
en moi l'insensible Mahésa !... Une guirlande de lys aquatiques orne mes reins
de ses grappes enchevêtrées ; les bleus
pétales du lotus sylvestre descendent plus
bas et ne figurent point la tache sombre
du poison qu'avala Siva !... Mes membres
sont frottés de poudre de santal et non de
cendres funéraires !...

« O Krischna ! ne bande pas ton arc
vainqueur du monde !... Mon cœur est
déjà percé des traits que décochent les
yeux de Radhica, noirs et fendus comme
ceux de l'antilope. Cependant, je ne
jouis point encore de sa présence ! les
dards de ses prunelles, les arcs de ses
sourcils, les liens de ses lèvres m'ont
blessé adorablement. Armée par Ananga,
le dieu du désir, elle marche à la conquête de l'univers, et je ne songe qu'à
son étreinte, qu'à l'odorant lotus de sa
bouche, qu'au piment de sa langue rouge
comme la baie du Bimba !... »

Le jeune homme mettait une expression
brûlante dans la récitation du poème
hindou, et, à entendre cette plainte
d'amour, ses sens ardaient plus impérieusement.

Ayant noué ses bras au corps flexible
de Viamalah, il parcourut son visage de
baisers fous. Puis, il recula pour la
mieux voir. Il la reprit, la caressa et
l'éloigna encore, avec de légers rires
triomphants, voulant prolonger son plaisir. Mais, comme elle fermait les yeux,
déjà pâmée, il s'inquiéta.

— Ah ! tu ne vas pas encore t'endormir !... Je ne veux pas que tu
dormes !... Je ne veux pas !...

Et, sa colère soudain revenue, il la
secoua.

— Qu'as-tu ?... demanda-t-elle avec la
voix d'un petit enfant qu'on corrige.

— Viens !

Il la mit debout, lui prit la main, l'entraîna dans une course folle à travers les
buissons fleuris, sous les manguiers, les
cardamomes et les magnolias qui laissaient tomber sur eux leurs pétales
blancs.

De temps à autre, il s'arrêtait, heureux
de voir, au frémissement de sa poitrine,
qu'elle était bien vivante, et, mettant à
profit ces brusques haltes, il lui faisait des
colliers de baisers, égrenait les gemmes
de son désir le long de ses bras et de ses
jambes, glissait de précieuses grappes
dans toutes les cachettes délicieuses de
son corps ; la couvrait, comme une idole,
d'un réseau de feu, s'attardant au nid secret de sa jeune beauté... et elle défaillait
de nouveau.

D'un bond il se relevait, se remettait à
courir en la tirant après lui, malgré ses
plaintes.

— Ah ! voilà encore que les Pitris, les
incubes maudits me disputent ton
corps !... Chassons-les !... Tiens, ne les
vois-tu pas ?... Ils forment un tourbillon
qui vole devant nous... Ils s'élèvent, hésitent, disparaissent dans les bambous !...

— Grâce !...

Son cœur battait à grands coups sonores, elle se laissait tomber dans les fleurs
et il recommençait à la butiner comme une
grande corolle pâle, jusqu'au moment où
ses lèvres demeuraient inertes sous les
siennes.

Il s'épuisa à ce jeu, appréhenda de ne
plus pouvoir la faire sienne profondément, et, tandis que le sein de l'aimée se
soulevait en tumulte, il se jeta sur elle et
l'étreignit...

Mais, la chair de Viamalah se glaça
soudain, ses genoux se joignirent, et nul
effort ne put triompher de sa rigidité
cataleptique.

Alors, le jeune homme, étendu sur le
corps inanimé de la vierge, pleura longtemps d'énervement et de désespoir, pétrissant de ses ongles cette chair insensible, mordant avec rage ces lourds cheveux noirs dont les baumes se mêlaient à
ses larmes.

XVII

Après cette crise, Achilgar s'était résigné à ne voir en sa femme qu'un être mystique de grâce et de splendeur, une beauté spirituelle, inaccessible aux caresses de l'homme.

Il l'adorait craintivement, et trouvait, quand même, une volupté âcre à vivre auprès d'elle, à respirer son parfum, à mettre ses lèvres sur les joyaux qu'elle venait de quitter et dans les plis tièdes encore de ses vêtements.

Elle, de nouveau, appartenait de corps et d'âme au yogui charmeur dont le souvenir la hantait. Il avait élu domicile en elle, l'incitait à d'étranges folies, lui soufflait des pensées coupables, auxquelles elle n'osait s'arrêter, tout en regrettant les ineffables joies qu'elle avait goûtées en rêve.

S'il est vrai que les incubes et les succubes sont des esprits intermédiaires entre les démons et les hommes, des formes astrales qui obéissent aux yoguis et font œuvre de chair à leur place, sans déflorer les vierges, Viamalah était certainement possédée.

Consciente, par moments, elle réfléchissait à ces choses et frissonnait en songeant que, d'après certaines croyances, on attribuait aux Parsis évoqués de la *Tour du Silence*, le rôle d'incubes et de succubes, et qu'elle avait, en dormant, senti sur ses lèvres l'haleine des charniers.

Elle savait que, sur une pointe avancée dans l'Océan Indien, à cent pieds au-dessus de Bombay, des tours reçoivent les cadavres des Parsis, adorateurs du feu, sectateurs de Zoroastre dont le livre sacré est le *Zend-Avesta*. Ces tours sont percées, en un seul point, pour l'introduction des corps. Trois compartiments, à l'intérieur, reçoivent les hommes, les femmes et les enfants, ou, du moins, ce qu'il en reste après le repas des vautours. Ceux-ci, énormes, toujours affamés, dressent leur cou goitreux, éploient leurs ailes sombres au-dessus du bâtiment si nistre, attendant de nouvelles curées. En une heure les cadavres sont déchiquetés, dépouillés, raclés et leurs ossements jetés dans le puits intérieur de la tour : mais les âmes des Parsis, d'après les croyances hindoues, subissent d'éternelles tortures et reviennent visiter les vivants, jusqu'au jour où elles réussissent à se réincarner. Le feu, la terre et l'eau, qu'ont vénérés les mazdéistes, s'unissent

pour châtier ces âmes criminelles et leur corps, abandonné aux oiseaux de proie, semble leur transmettre quand même de funèbres désirs. Au côté démoniaque de cette possession se joint le côté plus inquiétant encore du vampirisme. Mais Viamalah ne s'arrêtait pas à ces affreuses suppositions, préférant croire qu'elle était sous l'influence d'une suggestion puissante qui lui venait tout entière de la volonté de Nassudamy. Par voie de maléfice, pour se venger d'elle ou des siens, il lui imposait ces épreuves. Peut-être, aussi, l'aimait-il à sa manière, cherchait-il à assouvir son étrange passion, sans méconnaître le vœu de chasteté par le contact immédiat de la femme.

Achilgar la voyant pensive lui demandait :

— Quelles sont les peines, cher Sourire ?..

Et elle n'osait répondre, courbait la tête, ou, plus câline, lui embrassait les mains.

Ses petites confidentes résolurent de faire certaines fumigations, de porter, en amulettes, des prières à Krischna écrites avec du sang de dhole (chien sauvage). Gloire de la Lune, qui avait apprivoisé un ptéromys volant (écureuil), voulut le sacrifier à Siva.

— A quoi bon ?... soupirait la jeune femme, garde ton petit ami volant, je sens bien que tout ce que vous tenterez sera inutile !... Abandonnez-moi ! tuez-moi ! et que mon époux bien-aimé soit heureux avec une autre !

Pourtant, Parfum céleste et Rayon de Miel cueillirent de la rue, des feuilles de datura et de jusquiame qu'elles firent sécher et brûler en l'honneur des Pitris maléfiques. Elles demeurèrent prosternées pendant trois heures, et s'épuisèrent en objurgations passionnées. Enfin, un brahmine de bonne volonté immola un bouc, après lui avoir fait à l'oreille de précises recommandations.

Mais l'apaisement ne vint pas. Viamalah étudia les livres sacrés des Brahmes, apprit à connaître les mystères de l'amour sexuel : pourquoi cette passion n'est vraiment durable qu'entre deux natures inégales, deux caractères opposés ; pourquoi, en amour, il faut, ainsi que dans toutes les fêtes agréables aux dieux, un sacrificateur et une victime ;

La courtisane se prosterna et répondit avec assurance : « Je te cherchais. » (Page 86.)

pourquoi les passions les plus véhémentes sont celles qui ne peuvent jamais se satisfaire. Gloire de la Lune, d'une voix mignarde comme un roucoulement de palombe, lisait parfois un chapitre du *Baghavata Pourana*, et voici les passages favoris, incitateurs de volupté :

« Sous la conduite du *Govinda* commencèrent les jeux d'amour que célébraient avec lui ces femmes enamourées, brillantes comme des mouches métalliques.

« La ronde du Rasa, embellie par la présence des Gopis, était menée par Krishna qui, usant de sa puissance magique et se plaçant entre elles, se multipliait, les tenait embrassées ; et chaque femme croyait qu'il la pénétrait irrésistiblement.

« Alors, une pluie de jasmins tomba du ciel et les couples défaillirent dans les fleurs, tandis que les anneaux des pieds, les amulettes et les clous de pierreries produisaient un bruit confus.

« Des Gopis nouvelles réclamaient le baiser. Elles frappaient la terre avec impatience, se brisaient la taille et faisaient bondir leurs seins comme des coquilles nacrées soulevées par la rafale.

« L'une d'elles respirait le parfum de santal de la chevelure du Maître, prenait au bout de sa langue la sueur de son front.

« Une autre, saisissant la main propice de l'amant, l'initiait aux secrets de son corps délicat.

« Une autre, au frottement de son genou, trouvait déjà du plaisir... Et, toutes, les oreilles parées de campanules roses et la bouche plus rouge que le piment musqué, se cambraient de désir dans le bourdonnement affolé des abeilles... »

Viamalah s'enflammait à ces lectures lascives et chaque nuit était pour elle une épuisante orgie de rêves. Certains chapitres des livres sacrés réglaient aussi la question de préséance entre les sexes. Ils prouvaient que la force naturelle de la femme étant la force d'inertie ou de résistance, elle n'avait qu'à se refuser adroitement pour vaincre toutes les difficultés et tenir en esclavage le cœur de l'homme ; mais que, par contre, elle ne devait rien faire, ni ambitionner de tout ce qui demande une sorte d'audace masculine, la nature ne lui ayant donné que

peu de force musculaire pour la lutte et une voix ridiculement menue qui ne saurait se faire entendre au milieu du tumulte. « La femme qui aspire aux fonctions de l'autre sexe doit perdre inévitablement les prérogatives du sien », affirmait le *Baghavata Pourana*, pour rabattre l'ambition des belles.

Hélas ! Tout cela ne disait pas à Viamalah pourquoi un démon incube la possédait contre son gré.

Il venait chaque nuit, et elle sentait sa présence aux mouvements tumultueux de son cœur. C'était, d'abord, comme une musique très douce de vinâ et de macabou, un égouttement de notes enfantines, une dégringolade de perles sur un escalier de cristal, mais venant d'un écho lointain ; puis, une bouffée d'air parfumé lui noyait la face d'un effeuillement de corolles sylvestres et un frisson étrange parcourait ses membres. Il lui semblait qu'un nuage mince de fumée blonde glissait vers elle ; ses yeux invinciblement se fermaient, tandis que des lèvres dures et froides vrillaient les siennes, qu'une caresse intense et profonde la pénétrait, effaçant toutes les voluptés terrestres. Elle mourait et renaissait vingt fois en une nuit, et ses prunelles fumeuses, ses poses alanguies au réveil, effrayaient Achilgar.

— Qu'as-tu, cher Sourire ?...

Elle se troublait, baissait la tête en évitant de rencontrer ses regards. Alors, il se rapprochait, voulait lui prendre les mains ; mais elle le repoussait.

— Tu souffres ?...

— Non.

— Dis-moi ce qui t'inquiète ?...

— Je ne le puis... Ne m'interroge pas, et, si tu as quelque affection pour moi, laisse-moi partir. Je ne suis pas digne d'habiter ta maison, car les mauvais esprits y sont entrés à ma suite.

— Nous les chasserons.

— Ils sont plus puissants que toi !...

— Non, car l'amour triomphe de toutes les forces du monde.

Elle se blottissait contre son cœur et lui disait en pleurant :

— Tu as raison, garde-moi, protège-moi !... Si tu savais ce que j'éprouve !... Mais tu ne sauras jamais, et je me couperais la langue, plutôt que d'avouer ces choses !...

La journée s'écoulait sans incidents notables. Achilgar, indulgent et tendre, tâchait de distraire sa bien-aimée, son enfant malade, par mille jeux puérils, et les petites confidentes chantaient ou dansaient avec la grâce frivole de leur âge.

Tout se passait bien jusu'à l'heure des songes qui ramenait le spectre d'amour, le vampire passionné, insatiable, irrésistible dont les caresses corrodaient les nerfs, vidaient les artères et les moelles, pompaient la vie à sa source même. L'esprit vagabond, le corps astral de Nassudamy possédait alors éperdument l'âme et le corps abandonnés de Viamalah !

TROISIÈME PARTIE

I

OURVASI REVIENT

— Que veux-tu ?...

— Pas autre chose que ton baiser.

— Non.

— Pourquoi me refuses-tu ?... Je ne menace pas ; tu vois, je suis très humble et très docile.

— Je t'avais pourtant bien défendu d'entrer dans ma demeure.

— Oui, je sais ; mais mon amour a été plus fort que mon orgueil.

Ourvasi, la courtisane célèbre, la vendeuse de plaisirs, demande, à son tour, qu'on lui donne un peu de bonheur. Elle s'est prise comme une innocente à la voix cajoleuse, à la beauté fière d'Achilgar, et elle songe sans cesse aux heures exquises de sa présence.

Depuis dix jours elle rôde autour du palais, attendant une occasion favorable, car elle pense que son amant sera sans force contre le souvenir des voluptés excessives qu'elle lui a prodiguées.

— Je suis venue, parce que tu es seul. Vinmalah et ses petites suivantes sont allées au temple de Dourga qui détruit les enchantements et les maléfices.

— Quels enchantements ? Quels maléfices ?

— Oh ! ne cherche point à nier ! Jamais tu n'as été le mari de ta femme, et en m'aimant tu ne la tromperas même pas.

— C'est possible, mais je n'ai d'affection que pour elle.

Ourvasi s'est agenouillée, a mis sa tête brune aux longs yeux de caresse sur les genoux du jeune homme, et ses lèvres félinement retroussées laissent voir l'éclair des dents pointues dans un besoin de baisers ou de morsures.

— Je t'aime...

— Que m'importe !

— Je suis belle...

— D'autres te le diront.

— C'est toi que je veux, parce que tu me repousses. Aucun homme jusqu'ici ne m'a fait cette injure ! et cette injure venant de toi, je la pardonne.

— Ce n'est point une injure...

— Si, mais je t'adore !

Elle a pris les mains d'Achilgar, et sa bouche brûlante lui dévore les paumes de baisers avides. Les courtes mèches bouclées de ses cheveux rappellent le sacrifice qu'elle a fait, il n'y a pas longtemps, pour le retenir. Pourtant, ces caresses importunent le jeune homme dont le cœur trop plein d'une autre est fermé à la pitié.

— Ah ! laisse-moi... Et, pour la seconde fois, il murmure avec ennui : Non.

Ourvasi essaye de tous les subterfuges qu'elle connaît pour l'amener à la vouloir. Elle s'enroule dans la gaze pourpre de son doupettah, fait craquer et briller ses joyaux, découvre un à un tous les coins fleuris de sa chair brune, palpite, se renverse et s'étire, l'appelle par ses plaintes langoureuses, le saisit, l'étreint, le caresse et le frappe, tantôt couleuvre, tantôt tigresse. Sa gorge a des sanglots et des cris passionnés : elle prie et blasphème, exige et triomphe...

Mais Achilgar s'est ressaisi, et, tandis qu'elle demeure pâmée dans le désordre des coussins, il s'éloigne d'elle avec mépris.

— Va-t'en !

Elle reste immobile, feignant de n'avoir point entendu, et il répète plus brutalement :

— Va-t'en !

— Tu me chasses ?...

— Je t'ordonne de partir...

— Quoi ! après ce que je t'ai donné ?...

— Ce que tu m'as donné ?... Tiens, nous sommes quittes.

Il a pris dans une coupe des agrafes et des camées de grande valeur, et les lui a tendus d'un geste dédaigneux.

— Garde tes présents. Ce que je t'ai offert ne saurait se payer ; car je ne t'ai point fait seulement le don de mon corps et de mon désir, c'est mon cœur vierge encore que j'ai mis sous tes pieds. Rien de ce que tu possèdes n'est assez précieux pour compenser un tel trésor. Quoi que tu tentes, c'est encore moi qui t'aurai fait l'aumône !

— Soit, je ne discute pas et je reconnais mon indignité.

Ourvasi, frémissante, essayait de douter encore, ne se pressait pas de sortir... Alors, il lui tourna le dos.

— Achilgar, dit-elle, je saurai t'atteindre et je me vengerai !... Je me vengerai cruellement et toutes les armes me seront bonnes !...

Elle souleva la draperie qui la séparait de la terrasse et s'éloigna, folle de rage, les yeux pleins de larmes.

II

BÉNARÈS, LA NUIT

La nuit commençait à tomber. Les corolles, plus lourdement, exhalaient leur âme de parfum et de grands papillons de nuit, semblables à des chauves-souris vertes et roses, agitaient fébrilement leurs ailes pelucheuses. Ourvasi, au seuil du jardin, croisa Viamalah qui revenait du temple, appuyée sur Gloire de la Lune.

— Qui es-tu ? demanda la jeune femme avec surprise, et que fais-tu dans ma maison ?

La courtisane se prosterna et répondit avec assurance :

— Je te cherchais.

— Qu'attendais-tu de moi ?...

— Un peu d'attention et de bienveillance, en échange d'un bon conseil.

— Quel est ce conseil ?...

— Ne tente pas les dieux.

— Que veux-tu dire ?...

— Ne retourne pas au temple implorer des divinités qui te sont contraires.

— Comment le sais-tu ?...

— Je connais le secret des pierres et des plantes... Les signes de la destinée me sont révélés et chaque nuit je consulte les astres. Toute la vie est écrite là-haut !

— Alors, tu pourrais me dire l'avenir ?...

— Oui.

— Quel est-il ?...

— Viens chez moi, demain, je tuerai

un chevreau en ton honneur, et tu sauras
ce que tu souhaites.

Ourvasi indiqua sa demeure, et fit
quelques pas, ayant hâte de mettre ses
projets à exécution ; mais Viamalah la
retint.

— Un mot encore : Tu m'affirmes que
tu n'es point l'envoyée de Nassudamy,
le yogui du temple de Dourga ?...

— Je te l'affirme. Nassudamy est notre
rival à tous, car il fait commerce avec les
Pitris malfaisants et sa science est tournée
vers le mal.

— Adieu donc. Je te verrai demain,
ainsi que tu me le demandes. Jusque-là,
je vais prier Kama, le dieu d'amour, avec
Parfum céleste qui est dans ses bonnes
grâces et lui porte chaque matin les fleurs
mourantes de ma couche.

Ourvasi s'éloigna rapidement. Les cris
des marchandes de curcuna et de pâtes de
mhowa avaient cessé. Seules, dans les
rues, se pressaient des vendeuses de volupté, aux hanches libres sous les ceintures de métal à cabochons glauques, aux
paupières brûlées par les fards et les
veilles. Ainsi que les oiseaux nocturnes,
elles passaient en frôlant les murs, pour-
suivies par les grands singes dont les
visages presque humains grimaçaient.

— C'est Ourvasi, dit l'une d'elles...
Ourvasi, ne peux-tu point m'emmener
chez toi ?... Tu n'as point de galant et
nous nous ferons des confidences.

— Alors, j'en suis aussi, s'écria une
maigre fillette qui fit cliqueter des amulettes d'ivoire sur sa gorge plate. Les
Palomen m'ont dévoilé des secrets voluptueux que je vous apprendrai...

— Tu te vantes ; Hanouman seul, le
dieu des guenons, a pu te convoiter.

La petite se mit à rire, montrant des
dents aiguës de jeune chat.

— Hanouman ne me déplairait point :
on dit qu'il n'a pas son pareil pour initier
les vierges.

Ce fut une fusée de joie.

— Alors, Titimini, il arrive trop
tard !...

— Qui peut plus, peut moins... Je ne
suis pas exigeante et je fais la moitié du
chemin.

— C'est le soleil d'amour qui t'a con-
sumée, Titimini ?

— Le soleil et la lune !... Avouez qu'à
mon âge c'est fort curieux... D'ailleurs,

mon premier amant a été le dieu de
pierre.

— Les dévédassi ont assisté au sacrifice ?...

— Parfaitement, et j'ai montré un courage exceptionnel. Voici un fétiche que
m'a donné Cœur de Lotus, la danseuse
sacrée qui assiste les jeunes néophytes.

La petite choisit, parmi les amulettes
qui couvraient son sein, un lingam gros-
sièrement taillé dans un rubis de l'Oxus
aux transparences sombres.

— La nâtis sacrée a bien fait les choses ; nous savons que tu as été une bonne
élève.

— Oui, une élève comme on en voit
peu, car je suis revenue pendant un mois,
et me suis liée d'amitié avec Schahabalu
qui est à peine plus âgée que moi.

Ourvasi intéressée prit la fillette par la
main.

— Conduis-moi au temple.

Mais Titimini se renfrogna.

— Non, pas ce soir, je suis lasse, et
je préférerais passer la nuit avec toi.

— Nous rentrerons après, lorsque
Cœur de Lotus m'aura renseignée sur une
chose très importante pour moi.

— Ah ! c'est différent, fit la petite ;
viens, alors. On nous laissera entrer sans
difficulté. As-tu de l'essence de roses de
Gazipour ? J'en offre toujours aux dévédassi quand je vais les voir.

— Je n'ai pas d'essence, mais mon collier de saphirs du Thibet leur plaira, je
l'espère.

— Bonne chance ! crièrent les courtisanes en reprenant leur marche indolente
le long des maisons basses à galeries de
bois, par les ruelles tortueuses et sombres, propices aux galantes rencontres.

III

TITIMINI ET SCHAHABALU

Le temple était silencieux. Elles traver-
sèrent les galeries latérales et contour-
nèrent le sanctuaire. Au-dessus des bas-
reliefs, fouillés dans le marbre rouge, les
divinités semblaient se lever tumultueusement pour les empêcher de pénétrer
plus loin. Souvent une même statue,

chargée de plusieurs attributs, évoquait un être complexe, doué de pouvoirs multiples. Il y avait des idoles à quatre bras, à têtes de bouc ou d'éléphants terrifiantes. Des chauves-souris entraient par les fenêtres, et les yeux verts de deux énormes chats-huants brillaient dans une niche abandonnée.

Elles descendirent quelques marches.

prirent un passage secret qui servait aux brahmes pour aller rejoindre les dévédassi quand leurs désirs ardaient plus particulièrement. Contre les murs, luisant de pointes micacées, une infinité de bêtes fantastiques hérissaient leurs griffes, ouvraient des paupières sans regard. Des serpents avaient des pieds, des taureaux avaient des ailes, des poissons gigantesques à visages humains se dressaient sur leur queue, des éléphants maknas levaient leur trompe couronnée de fleurs, des loups besognaient avec des gazelles, des tigresses caressaient des hémiones, et des têtes de nagas sortaient de tous les angles, dardant leur langue trilobée.

C'étaient d'étranges créations de cerveaux en délire, des cauchemars d'opium aux fantaisies obscènes ou effarantes. Des pattes, des crânes, des troncs mutilés gisaient partout, entravant la marche, et les deux courtisanes, se bousculant dans la longue galerie, arrivèrent péniblement à une porte basse. Titimini fit entendre une sorte de miaulement prolongé et les dévédassi vinrent ouvrir.

— Est-ce pour le dieu de pierre ?... demanda Cœur de Lotus qui gardait l'entrée.

— Non, je n'en ai plus besoin. Ne me reconnais-tu pas ? fit la petite en riant.

— Titimini !

— Je t'amène une de nos meilleures nâtis qui désire te demander un renseignement.

Ourvasi dégrafa son collier de saphirs et l'offrit à la danseuse sacrée qui l'embrassa entre les seins pour la remercier.

— Parle, que souhaites-tu ?...

— C'est bien simple, je veux voir Nassudamy ; je sais qu'il est attaché au temple.

— Nassudamy est en prières. Depuis la fête de la déesse Kali il ne veut voir personne.

— Dis-lui que je viens de la part de Viamalah ; il ne refusera pas de me recevoir.

— C'est bien. Attends un moment.

Quand Cœur de Lotus eut disparu, Schahabalu, qui guettait derrière un pilier, se précipita sur Titimini, en faisant le gros dos et en crachant comme une chatte en colère. Puis, les deux fillettes se roulèrent à la manière des félins, s'égratignant gentiment, se mordillant partout où leur bouche gourmande pouvait atteindre. Les autres faisaient cercle autour d'elles, les excitaient de la voix et du geste.

— Courage ! Titimini !

— Bien paré ! Schahabalu !

— Ah ! elle glisse comme une couleuvre.

— Cette fois, c'est gagné !

Titimini, ébouriffée, haletante, se releva, enfin, et pour se remettre, but une pleine coupe de vin sucré aux épices.

— Je vais vous raconter une drôle d'histoire qui m'est arrivée, l'autre jour ?

— Oui, oui, raconte.

— Deux Chinois, qui me voulaient du bien, m'avaient abordée dans la rue, et, comme ils paraissaient aimables et fastueux, je les avais priés de me suivre dans une maison « sucrée » pour les interroger à mon aise. Là, je me fis offrir des gâteaux au curcuma et au gingembre, arrosés d'un petit vin de cannelle et de lotus rose... tout à fait réjouissant. Mes babouins prenaient des privautés, se croyaient déjà sûrs du triomphe.

— Ils en avaient le droit.

— Alors, pour m'amuser un peu, je me levai en minaudant et leur fis de menues caresses, puis, doucement, tout doucement, tandis qu'ils roulaient des yeux charmés, j'attachai leur longue queue à un guéridon chargé de crèmes, de sirops et de gelées de fruits... Ils ne se doutaient de rien, passaient leur bras autour de ma taille, m'attiraient contre eux en me tenant de galants propos. Je me dégageai et, prenant mes poses les plus lascives, je mimai les meilleures scènes du Kama-Soutra. Ils exultaient, trépignaient d'aise, me suppliaient de choisir entre eux, car ces hommes singuliers n'aiment pas le partage... Alors, je pris la tubéreuse de ma ceinture et la jetai à leurs pieds. Ils se précipitèrent à quatre pattes : l'étagère aux sirops bascula... et... Ah ! j'en ris encore !... Si vous les aviez vus dans la confiture !...

IV

— Ourvasi, dit Cœur de Lotus, qui venait de rentrer, Nassudamy t'attend.

La courtisane reprit le chemin qu'elle avait déjà parcouru, et, guidée par la dévédassi, pénétra auprès du yogui qui, perdu dans les pratiques de la backti (prière), ne l'entendit pas.

Dans un réduit, vaguement éclairé par une lampe de jade, Nassudamy restait prosterné devant une statue de Siva, couronnée des sept têtes du reptile sacré dont les yeux d'émeraude brillaient étrangement. Il brûlait des baguettes d'encens et de l'huile de coco dans des lacrymatoires de terre rouge.

La courtisane entre-choqua les anneaux de ses chevilles pour attirer son attention.

— Que me veux-tu, demanda-t-il, enfin, et qui es-tu?...

— Je suis Ourvasi, et je souhaite la vengeance.

— Un amoureux qui t'a quittée ?...

— Un ennemi pour moi et pour toi.

— Je n'ai pas d'ennemi.

— Si, l'époux de Viamalah.

Nassudamy tressaillit et ses traits prirent une expression farouche. Pourtant, il poursuivit d'une voix calme :

— Achilgar ne m'a fait aucun mal.

— Il est un obstacle à l'accomplissement de tes projets.

— Je n'ai pas de projets.

La courtisane se mit à rire.

— Pourquoi feindre avec moi, puisque je te dis que je sais tout et que je suis prête à te servir. Sans doute as-tu déjà essayé de la suggestion pour la femme et de l'envoûtement pour le mari. Ils n'ont pas accompli l'œuvre de chair, mais ils s'aiment, et la science ne peut rien contre la sincérité de leur tendresse... Les souffrances que tu infliges à Viamalah ne t'ont point rendu maître de ses sentiments, et si tu gouvernes ses actes et sa pensée, son cœur tout entier reste au bien-aimé.

— Le cœur n'est rien, l'âme est tout. L'âme, sous mon influence, s'échappe du corps et revêt l'apparence astrale sous laquelle elle appartient aux puissances supérieures.

— Il n'en est pas moins vrai que l'amour terrestre se dresse toujours entre cette femme et toi, qu'elle est soumise à la matière, invinciblement. Je viens t'offrir de la libérer.

— Comment ?

— En tuant Achilgar.

— Vichnou ne veut point qu'on tue.

— Siva l'absoudra, et c'est lui que tu sers particulièrement.

Le jeune homme ferma les yeux, laissant venir à lui les pensées mauvaises qui, comme des guêpes, se pressèrent sur le miel de sa tendresse.

Ourvasi, sûre de vaincre, attendait, et

sa lèvre charnue, dans un rictus qui lui était habituel, se retroussait un peu de travers.

— Pense, dit-elle, à la joie que te donnerait la possession entière de Viamalah !... Comme vous seriez forts à vous deux et comme la foule avidement écouterait vos paroles !...

— Oui, murmura le jeune homme, je voulais la conduire dans les pays où les

arbres puissants entremêlent leurs branches comme des amants altérés de caresses, et débordent d'une sève qui se change en gommes de parfums, en fruits exquis...

— Et aussi en poisons... Les Palomen connaissent tous les secrets des monts et des forêts. La soran (sorte d'aconit) donne la mort sans laisser de traces.

— Que dis-tu ? Ne me tente pas !

— Il y a aussi le dhutoura que l'on fume délicieusement, et qui endort en berçant l'imagination des songes les plus doux... Nassudamy, donne-moi des herbes qui font mourir !

— Non !

— Qui le saura ?... Comme toi j'ai tout intérêt à garder le silence.

— Oh ! je ne crains pas la justice des hommes !

— Alors ?... Tu sais bien que les dieux sont pour toi ! Que fait une existence de plus ?... Ne sacrifiez-vous pas des milliers de fidèles aux fêtes de Kali ?...

— Ce sont des victimes volontaires.

— Non, puisqu'elles agissent sous l'influence de la suggestion. Dans tous les cas ces hécatombes ne servent votre cause que passagèrement, tandis que la disparition d'Achilgar vous assurerait un triomphe durable.

— Certes, Viamalah serait à nous, et, par elle, nous accomplirions de grandes choses...

— Tu vois !...

— Éloigne-toi un peu, je vais interroger les Pitris, et, peut-être, daigneront-ils se manifester sous une forme astrale.

Ourvasi souleva la draperie qui séparait la cellule de Nassudamy du passage secret, et se dissimula dans l'ombre.

Le fakir avait jeté des plantes sèches dans le vase lacrymatoire de terre rouge ; mais le feu s'était éteint. Sans le rallumer, il se prosterna, toucha le sol du front et murmura des paroles mystérieuses. Aussitôt, un son très doux s'échappa du vase : quelque chose comme le frisselis des roseaux agités par la brise, et une note cristalline, semblable à la plainte d'amour du crapaud, se fit entendre à intervalles égaux. Le récipient, toujours isolé du yogui, se mit à osciller, à s'approcher insensiblement et les vibrations devinrent plus aiguës, plus rapides.

Nassudamy prononça quelques mots dans la langue des dieux (le sanscrit), la langue que les Pitris affectionnent tout particulièrement.

C'était le 243e sloca du 4e livre de Manou.

« Darmaprâdânam pouroucham tapasa hata kilvisam... Paroló kam nayaty âçou basouantam Kaçurîrinam. »

Ce qui veut dire :

« L'homme dont toutes les actions ont pour but la vertu, et dont tous les péchés ont été effacés par des actes pieux et des sacrifices, parvient au séjour céleste, rayonnant de lumière et revêtu d'une forme spirituelle. »

Aussitôt des tiges vertes sortirent du vase, grandirent, poussèrent des feuilles fraîches d'une infinie délicatesse, s'épanouirent en floraisons glorieuses, ainsi qu'un feu d'artifice végétal. Un parfum exquis de jasmin et de tubéreuse se répandit dans la pièce, vint caresser voluptueusement les narines d'Ourvasi, toujours debout dans les ténèbres.

— Maître, dit-elle, les esprits sont venus !

Mais il ne répondit pas, traça un cercle sur le sol avec un liquide rouge qui pouvait être du sang, et s'éloigna le plus possible.

Il semblait épuisé ; des gouttes de sueur tombaient de son front, un tremblement fébrile secouait ses mains.

Tout à coup, Ourvasi s'agita.

— J'ai peur ! cria-t-elle, épargne-moi ! N'attire point sur nous le courroux des ombres ! Je vois des formes vagues venir vers moi...

— Si tu as peur, va-t'en ! dit Nassudamy d'une voix changée. Voici le moment du mystère... Surtout, ne parle plus.

Les fleurs penchaient sur leur tige, et leur corolle lentement se fanait. Les pétales, se détachant, s'envolèrent et disparurent ; puis, une flamme verte s'éleva à une grande hauteur, si brillante que le fakir ferma les yeux.

Maintenant, des calices singuliers, semblables à de gigantesques et fumeux cotylédons de lis, à de monstrueuses fleurs de vapeurs, avec un pistil et des étamines lumineuses, se balançaient au dessus du vase.

— Formes astrales des âmes lointaines que je vénère, androgynes parfaits de la puissance universelle qu'élabore et rénove la lumière secrète de l'Univers, essences de l'abîme potentiel générateur des dou-

bles eaux que féconde le souffle divin, révélez-moi les arcanes de l'avenir !

— J'ai peur ! sanglota encore Ourvasi.

— Femme, souffla le fakir avec colère, que les Pitris t'anéantissent, si tu troubles davantage leur manifestation sublime !

Et il poursuivit avec solennité :

— O vous qui connaissez l'au delà de la vie, que dois-je faire ?... Faut-il, pour servir une cause sainte devant les dieux,

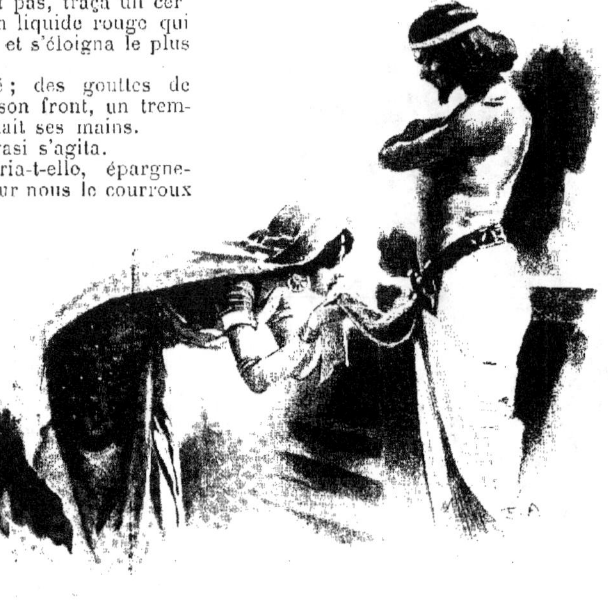

devenir criminel devant les hommes ?...

Les formes fumeuses se balancèrent avec plus d'activité et des voix confuses s'élevèrent que Nassudamy sembla comprendre.

— Il faut tuer ? demanda-t-il encore.

De nouveaux sons, alternativement sourds et aigus, se firent entendre, puis les vapeurs disparurent, tandis que le yogui s'anéantissait dans une adoration ardente.

Au bout d'un moment il se releva, et, soulevant la draperie :

— Tu peux rentrer, dit-il à Ourvasi.

La courtisane tremblait de tous ses membres.

— Sans doute ai-je mal agi, et les Pitris sont ils contre moi ?...

— Non, ils t'approuvent et je vais satisfaire ton désir.

— Oh ! fit elle avec joie, tu as du poison ?...

— J'ai mêlé, hier encore, la sève narcotico-âcre des jusquiames et des ciguës avec le lait caustique de la tithymale. J'ai des extraits d'aconit Lycoctone et de mandragore.

— Donne... donne...

— Mais voici une plante souveraine, que je ne te nommerai pas.

— N'est-ce point le dhutoura ?... Qu'importe, d'ailleurs, je l'offrirai à Viamalah en lui assurant qu'elle détruit les mauvais sorts et les envoûtements...

— Seulement, explique-lui bien que ces feuilles doivent être fumées lentement dans ce gourgouri enrichi de péridots et de chrysobéryls, gemmes agréables aux Pitris. Achilgar s'endormira doucement, sans ressentir aucune souffrance.

Le fakir donna la pipe précieuse à Ourvasi avec une plante desséchée, dont les feuilles rougeâtres répandaient encore un léger parfum d'amande amère.

— Merci, maître, dit la jeune femme, baisant le bout de l'écharpe qui ceignait les reins de Nassudamy, tu peux compter sur moi jusqu'à la mort !...

V

LE CŒUR PERCÉ D'ÉPINES

Dehors, elle respira à pleins poumons, se demandant si elle n'avait point fait un mauvais rêve. Mais la plante maléfique et le gourgouri de pierreries étaient là pour la convaincre de toute sa lucidité.

Les ombres de la nuit commençaient à se dissiper et presque toutes les courtisanes étaient rentrées. Les plus disgraciées, seules, erraient encore, faisant cliqueter les anneaux d'argent de leurs chevilles dans une marche plus fiévreuse.

Ourvasi, rentrée chez elle, passa la matinée à cacher les images licencieuses qui ornaient les murs et à dresser une sorte d'autel, près duquel elle disposa des cassolettes de parfums ainsi que le cœur d'un chevreau dont elle avait recueilli le sang. Sa suivante reçut l'ordre de ne laisser pénétrer que la visiteuse qu'elle attendait, chacun devant décliner ses noms et qualités.

Quand la jeune femme se présenta, enfin, la courtisane commençait à désespérer. Elle aida Viamalah à se débarrasser du voile qui la couvrait de la tête aux talons, et lui montra l'autel où se dressait un petit dieu Kama.

— Nous t'attendions.

— Tu as préparé le philtre ?...

— Oui, tu seras satisfaite, car tu connaîtras la joie de recevoir et de donner autrement qu'en songe. Voici des fleurs de mhowa et des graines de café qu'il faut disposer selon les rites ; moi, j'offrirai le sang de la victime, mêlé aux sucs de jusquiame, de belladone et de pavots noirs.

— Tu me jures de réduire les mauvais esprits ?

— Je te le jure.

— Sans danger pour celui que j'aime ?

— Sans danger.

— Donne vite, alors !...

— Un moment. Il faut, d'abord, accomplir la cérémonie d'usage.

Ourvasi jouait son rôle consciencieusement, ne voulant rien laisser au hasard pour frapper l'imagination de la jeune femme.

Elle ramassa le cœur, retira de longues épines dont il était percé et, l'élevant au-dessus de sa tête, se mit à danser autour de Kama en l'appelant des noms les plus doux, tandis que des larmes rouges coulaient dans ses cheveux.

— Petit dieu de caresse ! Pivot de toute félicité ! Toi qui diriges l'aiguillon de l'abeille et la langue trilobée de la naga ! toi qui charmes les dieux sur la montagne d'or, daigne nous sourire !

« Petit dieu de volupté !... Chevelure du soleil et diadème des étoiles ! Toi qui présides à tout ce qui se fait de grand ici bas ! Toi qui pénètres et reties ! fécondes et vivifie, daigne nous sourire !

Elle mit un charbon ardent sur le cœur qui crépita, et sembla jeter comme une plainte amoureuse.

— Maintenant, Fleur de Comète, le

charme est rompu, et tu peux retourner vers ton époux. Voici des feuilles enchantées que tu feras fumer à Achilgar, et il le possédera pour la vie !

« C'est tout.

Viamalah glissa la pipe et la plante maléfique contre son sein, et demanda à la courtisane ce qu'elle lui devait.

— Rien, fit Ourvasi avec un sourire ; ne doit-on pas s'assister entre femmes ?...

VI

VIAMALAH REFUSE DE TENTER LES DIEUX

— Alors, Fleur de Comète, ce remède est souverain ?...

Gloire de la Lune, Rayon de Miel et Parfum céleste examinent avec curiosité le gourgouri de péridot et les feuilles roussâtres, à la senteur d'amande amère, que Viamalah vient de poser devant elles.

— Une chose me tourmente. Quelle raison cette femme, que je ne connais pas, avait-elle de s'intéresser à moi ?...

— Quelle raison aurait-elle de te faire du mal ?...

— Je ne sais... N'est-ce point encore une de ces nâtis maudites que protège le yogui ?...

— Puisque que tu es allée dans sa maison, tu dois savoir à quoi t'en tenir ?... Les nâtis ne quittent pas le temple.

— Et puis, dit Parfum céleste, une dévédassi n'aurait pas osé braver la colère de Kama.

— Peut-être Kama est-il contre nous ; ce dieu est si capricieux !

Les petites suivantes frémirent.

— Ne l'accuse pas ! il est le seul bienfaiteur de la femme !

— Il est aussi son bourreau et ne se prive pas de nous sacrifier à son bon plaisir.

— O Kama ! pardonne-lui ! sanglota Parfum céleste avec épouvante, elle t'accuse, mais elle n'a pas l'intention de t'offenser ! Le mal d'amour, Ton mal, seul, la fait parler ainsi. Souris-lui et tout sera oublié !

— Vois-tu, suggéra Gloire de la Lune,

il faut, ce soir même, essayer le charme.

— Oui, appuya Rayon de Miel, nous nous cacherons derrière un rideau, comme le soir de tes noces, et nous te prêterons assistance, s'il en est besoin.

Viamalah réfléchissait, balancée entre son désir et de funestes pressentiments. Puisque tout avait échoué jusque là, il était peu probable que ce remède eût plus de succès que les autres. Pourquoi cette inconnue triompherait-elle où tant d'oracles fameux et de pythonisses avaient échoué ?...

— Que risques tu ?... demanda encore Gloire de la Lune.

— Achilgar fumera ces feuilles merveilleuses et n'en mourra pas.

— Au contraire ! lança Rayon de Miel dans un éclat de rire.

— Elles doivent avoir un goût délicieux ?

— Tiens, cette parcelle sur ma langue me fait songer aux douceurs enivrantes du homa.

— Il me semble que les désirs déjà s'allument en moi !

— J'entends un bruit de baisers !

— Ne veux-tu pas me laisser fumer une feuille ?... rien qu'une petite feuille ?...

— Non, dit Viamalah, pas même un bout de racine... Tu es assez folle sans cela.

— Alors, va trouver Achilgar...

— Et nous regarderons...

Mais Viamalah serra la plante mystérieuse et le gourgouri dans un petit coffret d'ivoire.

— Peut-être cette femme a-t-elle dit vrai et ne ressent-elle pour moi que de bons sentiments ; peut-être, au contraire, sert-elle la cause de Nassudamy, et son intervention secourable n'est-elle qu'un jeu méchant. Quoi qu'il en soit, je ne veux pas user de tels moyens pour détruire l'envoûtement qui pèse sur moi et sur Achilgar. Le temps, sans doute, apaisera la colère des dieux.

— Le temps n'apaisera rien et les Pitris te posséderont de plus en plus.

— Hélas ! soupira Viamalah, je ressens, chaque nuit, le même trouble étrange ; une présence occulte se manifeste.

— Et tu subis l'odieux baiser des vampires d'amour !

— Il me semble que ma vie s'échappe

par la blessure secrète de mon cœur ;
j'ouvre mes bras dans le vide.

— Et tu te donnes au Deityas de l'air,
aux Rakhsasas du rêve, sans profit pour
personne, car les ombres ne comptent
pas... Tiens, tu n'es qu'une égoïste !

VII

LES AMANTS MYSTIQUES

Les tourments de Viamalah augmen-
taient encore. Elle n'avait plus aucun
plaisir à se baigner dans la grande vasque de porphyre qu'arrosaient les huit
trompes d'éléphant gemmées de rubis.
Pourtant, Rayon de Miel lui peignait,
avec le même soin délicat, trois étoiles
d'or sur les seins et le giron, lui secouait
dans les cheveux, tantôt de la poudre de
saphirs du Thibet, tantôt de la poudre de
grenats de l'Oxus, selon la couleur du
temps, car il faut que la beauté des
femmes se soumette aux caprices du ciel.
Les suivantes recueillaient toujours les
fleurs de sa couche pour les offrir à
Kama, mais elles étaient tellement mutilées par les songes fiévreux que le petit
dieu, sans doute, n'en avait cure. Très
lasse, la jeune femme restait étendue,
pendant de longues heures, et ses gen-
tilles amies s'épuisaient à chercher des
amusements nouveaux.

Rayon de Miel, sous un doupettah fleu-
ragé de calices d'or, exécutait ses pas les
plus incitateurs et Gloire de la Lune, in-
fatigablement, marquait la mesure sur le
tal et le malatan. Elles osaient toutes les
attitudes et tous les conseils, sans jamais
triompher de la mélancolie de leur jeune
maîtresse.

Parfois même, Achilgar assistait à ces
ébats, et Viamalah, qui ne pouvait lui
offrir la coupe ardente de sa chair, le suppliait généreusement de prendre une
autre femme.

— Je me résignerai, disait-elle en
pleurant, à n'être pour toi qu'une amie.
Puisque le bonheur de t'appartenir m'est
refusé, je ne veux pas que tu souffres davantage pour moi. Rayon de Miel ou
Gloire de la Lune seront heureuses et
fières de me remplacer. Choisis entre

elles... à moins que tu ne préfères Parfum céleste qui soigne si gentiment son
petit dieu Kama.

Mais Achilgar repoussait les consolations.

— Tu n'es point à moi entièrement,
répondait-il, et mon désir d'homme
s'exaspère parfois ; cependant, si je ne
puis avoir ton corps, je possède ton cœur
et c'est une grande félicité. Restons ainsi,
aussi longtemps qu'il plaira au courroux
des dieux.

Viamalah portait à ses lèvres avec at-
tendrissement et reconnaissance la main
d'Achilgar.

— Ah ! comme nous nous dédomma-
gerons plus tard !

Lui, tout le long du corps adoré, glissait des colliers de baisers. Il se couchait
sur les anneaux étincelants de sa chevelure. Avec sa bouche il rafraîchissait ses
paumes fiévreuses et ses petits pieds bagués d'opales. La clarté du soleil et des
astres était comme la splendeur de sa
peau, quelque chose de surnaturel et
d'adorable qui n'appartenait qu'à elle.
Le poli de ses ongles continuait la douceur des gemmes qui couvraient ses
poignets et ses doigts, les boutons de ses
seins semblaient deux coquillages roses,
éclos sur le sable ambré de sa chair.

Parfois, ils descendaient en dingui le
long du Gange, s'arrêtant hors de la ville
pour adorer quelque dieu perdu dans les
buissons et les hautes herbes. Au-dessus
de leur tête se livraient les combats
acharnés des oiseaux de proie qui se
disputaient des restes humains. Il y avait
à terre de grands vautours qui achevaient
de mourir en tournant et retournant leur
cou goitreux. D'autres étaient morts depuis longtemps, et il ne restait plus d'eux
que des débris de squelettes, mêlés aux
cendres des bûchers ; d'autres, à moitié
rongés, semblaient encore darder des
lueurs phosphorescentes par les trous
élargis de leurs orbites.

Des mouches vertes et bleues tournaient autour, ainsi que de tout petits
oiseaux qui sautillaient, pierreries vivantes.

Viamalah portait des fleurs et des
fruits aux idoles, entraînait Achilgar
très loin, dans des paradis de verdure
rafraîchis par quelque source cachée.
Derrière eux s'étendait la plaine rose

bordée de montagnes. Çà et là, un coco-
tier s'inclinait sur une colline de sable et,
dans le lointain, une pluie d'orage,
frappée par un dernier rayon, semblait
une écharpe de gaze argentée tendue sur
le ciel. Des grondements de tonnerre roulaient au-dessus d'eux, tantôt sourds,
tantôt véhéments. Dans le bouleverse-
ment des choses les amants semblaient

avait des sourires nostalgiques, semblait
charrier les braises de quelque gigantesque bûcher.

Lorsque Viamalah et Achilgar se re-
posaient de ces longues promenades, ils
avaient la retraite de leur jardin ombreux
où les petits chemins, au moindre
souffle, roulaient à leurs pieds des mé-
duses de soleil dans la chevelure des fou-

trouver un peu de soulagement à leurs
propres tortures ; ils restaient silencieux,
émus et graves, écoutant les grandes voix
confuses de la nature.

Le soir venait, apportant les parfums
épars d'une ardeur plus aiguë. C'était
l'encens des aromates, le miel des herbes, l'odeur de la terre rafraîchie par
l'orage, l'haleine des plantes et des corolles pâmées ; tout un bouquet puissant
qui grisait jusqu'au vertige. Les verdures
se noyaient dans le sang du ciel, trempaient dans une clarté agonisante. L'eau

gères naines. Il y avait des impasses de
verdure où des lianes suspendues, tendaient, d'un arbuste à l'autre, les pans
d'une draperie légère, maillée de calices
mauves ; et, par les mille déchirures du
canevas, tombait une fine poussière de
clarté.

Il se couchait à ses pieds, le front sur
ses genoux, ou lui tressait des guirlandes
de fleurs rares qu'il avait fait venir pour
elle. C'étaient des corolles inconnues,
fantasques, fiévreuses, inquiétantes
comme des filles trop belles, d'une

beauté morbide à force d'être épanouie. Elles étaient velues ou soyeuses comme des tentacules, légères comme des plumes, frisées comme des chevelures. Quelques-unes avaient le ton des feuilles mortes et des rêves d'automne, du cuivre,

feu sacré et tenaient chastement clos leur lobe virginal. D'autres, impudiques, jetaient à tous les vents leurs doupettahs mousseux de nâtis voluptueuses, montraient, jusqu'au fond, leurs étamines brunes, tellement ouvertes que la main les effeuillait rien qu'en les frôlant. Et, toutes, avec des voix de parfums, chantaient des cantiques éperdument passionnés qui troublaient les amants du rêve, les faisaient agoniser d'inutile désir.

Alors, il jetait sur elle sa moisson embaumée, et, avec les branchages souples, essayait mille jeux, auxquels elle se prêtait en frissonnant, en soupirant, quand les caresses étaient trop directes.

Cambrée, ou indolente, elle s'offrait et défaillait. Ses yeux noyés égaraient à l'ombre des cils le vertige de son regard, et ses seins fleurissaient comme des lotus, gonflaient leurs frêles coupelles étoilées d'or.

Lorsqu'ils étaient las du songe énervant qui ne finissait jamais, ils faisaient une dînette de mangues, de bananes et de riz. Parfois, aussi, Gloire de la Lune leur composait, du bout de ses doigts carminés, d'étranges salades de bambou au curcuma qui leur coulait du feu dans les veines.

Un soir que le jeune homme était plus fiévreux que d'habitude, Viamalah appela les petites confidentes.

— Prends-les, dit-elle, je veux que tu sois heureux ! et elle les poussa dans les bras d'Achilgar.

Pour ne pas leur faire injure, il but sur leurs lèvres fraîches un peu de vin de lotus rose dont le goût est si enivrant, mais il ne voulut pas accepter autre chose.

du sang et de la rouille. Erigées sur leurs ambitieuses tigelles, ou perdues dans la mousse, elles dansaient des sarabandes, formaient des rondes folles où vibraient toutes les couleurs. Celles-ci avaient des collerettes chiffonnées de gamines, des fraises évasées d'une guipure précieuse, laissaient voir un cœur de velours pâle, très tendre. Celles-là, dans leur blanc cotylédon, semblaient des prêtresses du

VIII

LE CHARMEUR ÉVOQUE LES VAMPIRES DU TEMPLE

Cependant, Nassudamy, après avoir passé un mois dans la retraite, en communication constante avec les Pitris, résolut, se croyant suffisamment soutenu par leur puissance occulte, de reprendre Viamalah. Il lui assigna un rendez-vous

Il se couchait à ses pieds... (Page 95.)

dans le temple, persuadé qu'elle ne saurait se soustraire à son pouvoir magnétique. La jeune femme, cependant, ne fit que la moitié du chemin, arrêtée par une révolte soudaine.

Il la trouva dans une des ruelles tortueuses de la ville, le front sur l'épaule d'Ourvasi et secouée par d'éperdus sanglots.

Les courtisanes, intéressées, faisaient cercle autour d'elle et l'interrogeaient curieusement, tâchant de connaître sa peine.

— Est-ce un galant qui t'a quittée ?...

— Ou, plutôt, car tu es jolie, crains-tu de ne pouvoir satisfaire de trop brûlants désirs ?...

— Je t'enseignerai le moyen de triompher toujours... il n'y a pas d'ennemi qu'une femme ne puisse vaincre, quand elle connaît les secrets de la lutte.

— A moins d'avoir affaire au dieu de pierre ! glissa Titimini en balançant drôlement son petit corps frêle, à demi nu sous les colliers et les amulettes.

— Titimini, tiens-toi tranquille, tu as toujours en tête des pensées saugrenues, et Schahabalu, seule, la dévédassi du temple de Dourga, serait capable de discourir avec toi sur ce terrain.

Quand le fakir parut, les courtisanes s'écartèrent avec respect. Il s'approcha de Viamalah, mit un doigt sur son épaule.

— Suis-moi, dit-il doucement, et, sans parler, elle obéit.

Il la conduisit dans le réduit où il avait tant médité, depuis un mois, devant la statue de Siva, le dieu terrible, symbole du principe destructeur. Siva, d'après les Pourànas, « erre sur la terre entouré d'une légion de démons ivres de carnage ; il est nu, les cheveux épars, et garde sur son corps la cendre des bûchers funèbres ». L'image le représentait avec trois yeux et couronné des sept têtes de la naga.

— Prosterne-toi, dit le yogui, demande pardon au dieu de lui avoir résisté !... Ignores-tu que c'est pour le mettre en joie que les hommes se jettent sous les roues de son char, se font harponner les côtes et oscillent au gré d'énormes balanciers de fer !... Tous succombent, sans un cri, au milieu des plus affreuses souffrances.

— Je souffre aussi.

— Qu'as-tu donc fait en comparaison de ces martyrs ?...

— J'aime et ne puis être à celui que j'aime.

— Nul sort n'est meilleur que le tien. Tu ne connaîtras ni la satiété, ni le dégoût. L'amour passe vite, quand les sens sont satisfaits, et seuls s'adorent éternellement ceux qui restent sur leur désir. Et puis, pourquoi chéris-tu cet homme ?... Ne suis-je pas aussi beau que lui ?...

— Tu es trop au-dessus de moi pour que je puisse t'aimer. D'ailleurs, je ne donne mon cœur qu'une fois.

— Ecoute, je connais des secrets merveilleux, avec moi tu ne regretteras rien.

— Tu es cruel.

— Non. Je n'ai jamais tué. Sais-tu ce que font les Brahmes ?... Ils respectent les animaux, mais ils se font des oracles avec des têtes d'enfants qu'ils arrachent lentement.

— Ce n'est pas possible !

— Plus d'une fois j'ai assisté à ces sacrifices, et, tandis que les dévédassi tournaient follement, le bruit des instruments de cuivre couvrait les cris des victimes. Tiens, regarde.

Dans un creux de la muraille, le fakir montra à Viamalah des têtes desséchées d'enfants. De leur bouche sortait une lame d'or avec des caractères magiques, des asphodèles et des verveines racornies fleurissaient leurs orbites.

Viamalah se détournait avec horreur de ces cauchemars. Son cerveau était tout phosphorescent de lumière astrale.

— Le sol que nous foulons, dit encore Nassudamy, est fait des cendres humaines que plus de vingt mille bûchers ont fournies. Nous vivons ici dans la mort. Ces murs...

— Tais-toi, dit-elle, tu me fais horreur !

— Pourquoi ?... Je te répète que je n'ai jamais tué. Je n'ai même jamais goûté de la chair d'un animal et n'ai bu que de l'eau. Tiens, vois encore l'œuvre de mes prédécesseurs, et compare entre nous !

Il donna des coups de pioche dans la muraille qui s'écroula à demi, et des squelettes apparurent, murés dans les parois épaisses.

— Partout où je frapperai un mort se

montrera, et cette couleur brune que tu
vois de tous côtés vient du sang répandu.
Cet asile est plein de larves qui attirent
les stryges et les lamies obscènes. Il s'ac-
complit, ici, de monstrueuses débauches.
Jamais je ne suis seul et la tentation me
tenaille nuit et jour. Pourtant, entends-
tu, jamais je n'ai succombé !

— Alors, tout ce qu'on raconte sur les
choses terribles qui se passent dans le
temple est vrai ?...

— Ce que l'on raconte est au-dessous
de la réalité.

— Oh !...

— Tu as entendu parler, n'est-ce pas,
des Khoud qui invoquent la déesse de la
terre Tari et lui immolent des victimes,
des *mériah* ?... La foule se précipite pour
les dépecer, et, dans certains villages, on
les brûle à petit feu, car les larmes rouges de leur chair crépitante fécondent le
sol. Eh bien ! ici, on a brûlé de même
beaucoup d'enfants que les familles venaient offrir en grande pompe, le front
couronné de jasmins et le corps couvert
de bijoux. Chaque chef recevait un doigt
du petit être, dont il frottait le seuil de
son grenier, et qu'il plaçait, ensuite, sous
une pierre. Les cendres, les os et les en-
trailles étaient mêlés aux semences dans
les champs !...

— Vous avez fait cela !

— Nous avons imité les sacrifices du
temple de *Djagganath*. Tu as assisté,
d'ailleurs, aux fêtes de la déesse Kali ?...

— Inconsciente, tu le sais bien... Je
dormais, je n'ai rien vu...

— Les pèlerins, souvent, dorment
comme tu as dormi. Ils se sont enivrés
d'opium, ont respiré des réchauds fu-
mants, et le martyre n'atteint plus leur
chair anesthésiée !...

— Mais ces enfants que vous brûliez
ne dormaient pas ?

— Non, hélas ! Tu sais aussi, n'est-ce
pas, que les Khoud n'ont plus de filles !...
Dès qu'une fille vient au monde ils la
placent dans un vase de terre et l'enfouissent à l'endroit indiqué par un as-
trologue comme hanté par les mauvais
esprits... Eh bien ! j'ai vu égorger, ici,
jusqu'à cent vierges sur l'autel de Siva !...
Les prêtres les violaient devant les dévédassi aux danses lascives qui couvraient
les plaintes par leurs chants et leurs rires... Le sang coulait comme un fleuve

rouge... et je n'ose te donner d'autres
détails...

— Laisse-moi partir... J'étouffe ici !...

— Écoute encore, Viamalah !... Si je
vis avec les ombres inquiètes des victimes, je te répète qu'elles me sont favorables, parce que je n'ai jamais tué !...
Mon pouvoir peut magnifier tout ce qui
l'entoure.

Le fakir se recueillit, prononça quelques mots, et, de partout, jaillirent des
corolles merveilleuses, une apothéose
fleurie d'une inconcevable splendeur.

Et ce n'étaient point les formes con-
nues de la flore terrestre, mais des calices
singuliers, ardents et mobiles comme
des visages, avec des yeux glauques, des
lèvres tendres, ouvertes pour le baiser.
Des étamines de lumière partaient en fusées, rayonnaient à de grandes hauteurs,
semblaient, parfois, sortir d'une braise
de pierreries. Des fleurs agitaient leurs
pétales comme des doigts, se parlaient
et se caressaient avec une voix plus
douce qu'un cantique. Il y en avait de
toutes les formes et de toutes les couleurs. Elles couvraient les murs, sortaient de toutes les anfractuosités, montaient du sol en vagues parfumées ; la
cellule froide était une corbeille vivante.

— Que c'est beau ! disait Viamalah.

— Tu vois ce que mon amour peut
créer ! Ce n'est point Achilgar qui t'of-
frirait cette moisson magique !

— Tu es trop puissant, c'est pour cela
que j'ai peur !

— M'aimes-tu ?...

— Non, je ne dois pas l'aimer !...

Ce soir-là, il ne la retint pas davantage, sachant bien qu'elle serait sienne
complètement quand il le voudrait.

IX

LE MOYEN DE GLOIRE DE LA LUNE

Viamalah, maintenant, voyait le charmeur presque chaque jour. Une force
invincible la tirait hors d'elle-même,
l'obligeait à se rendre au temple, à se
soumettre aux coutumes des dévédassi,
à subir l'énervante et dangereuse sug-

gestion amoureuse qu'elle ne goûtait qu'en songe et malgré elle...

Au retour de ces épreuves, elle restait meurtrie et lasse, les paupières fumeuses, les membres brisés.

Achilgar, pourtant, ne soupçonnait rien ; mais les petites confidentes s'inquiétaient, souffraient de leur impuissance à triompher du mal.

— Ne voyez-vous pas, disait Parfum céleste, que Viamalah se consume chaque jour davantage ?...

— Qu'elle est plus frêle qu'un roseau et plus décolorée que le lotus des étangs sacrés ?... soupirait Gloire de la Lune.

— Et cet Achilgar qui ne peut rien !

— A sa place, je tenterais quelque chose, n'importe quoi !... mais je prouverais que je suis un homme ! reprenait Rayon de Miel.

— Que fait-il donc de son désir ?...

— Il n'a même pas voulu de nos consolations !

— C'est fort humiliant pour nous !

— Certes, puisque Viamalah consentait...

— ... Il aurait pu nous initier aux douceurs conjugales qui lui sont refusées !

— Quel mal faisions-nous ?

— Aucun, nous assurions la joie de l'époux et calmions les remords de l'épouse.

— L'un et l'autre auraient été tranquillisés par nous.

— Et cela, aussi, nous eût donné un peu de plaisir...

— D'un côté, grâce à nous, les satisfactions terrestres, de l'autre les voluptés mystiques avec l'épouse inviolée.

Gloire de la Lune secouait rageusement les anneaux sombres de sa royale chevelure, et Parfum céleste, qui riait toujours, habituellement, prenait une mine boudeuse en songeant aux pauvres fleurs flétries qu'elle offrait au petit dieu Kama.

— Il faut agir, conseilla Rayon de Miel qui bâillait.

— Agir ?... et comment ?...

— En rendant à l'époux sa... seule raison d'être.

— Il a épuisé tous les philtres, et les oracles se désintéressent de son infortune.

— Il reste un moyen, dit Gloire de la Lune.

— Lequel ?...

— La plante mystérieuse qu'Achilgar doit fumer dans le gourgouri de péridot.

— Elle est dans le coffret d'ivoire.

— Allons la chercher.

Et, tandis que Nassudamy retenait Viamalah dans le temple, Gloire de la Lune offrit à Achilgar le remède souverain.

X

LE POISON

Au fond du palais, sur des coussins de plumes de perroquet et dans la fumée âcre de la plante vénéneuse qu'il venait de fumer, Achilgar gisait, entouré des trois confidentes. Faiblement, il s'agitait, car le délire était venu avec les hallucinations de la fièvre. Enlevé au sentiment de la vie présente, sa vue troublée ne distinguait plus les objets environnants. Il se sentait, dans un engourdissement invincible, transporté sur une montagne ardente qui crachait du feu, des laves et du sang. Parfois, un tremblement léger parcourait ses membres, et ses prunelles chaviraient comme dans l'agonie. Gloire de la Lune, qui pleurait, approchait, alors, de ses narines, une pincée d'herbes aux senteurs véhémentes, et un peu de vie lui revenait. Mais bientôt, son visage mortellement las et tiré, ses lèvres bleuies disaient de nouveau les progrès de l'empoisonnement.

Les petites suivantes, terrifiées, entendaient sa voix, devenue une voix sanglotante d'enfant, étouffée, puérilement gémissante, se briser et s'éteindre dans un soupir d'angoisse. Il demeurait dans un désordre douloureux, envahi par le sentiment d'un changement physique irrémédiable de tout son être ; il avait la sensation d'une puissance occulte qui l'enlevait de sa couche et l'emportait vers les enfantines sensations.

Les globes de ses yeux fixes, ses paupières, striées de meurtrissures brunes, n'avaient plus de mouvement, ni de battement ; ses mains, parfois, s'élevaient dans un geste las comme pour éloigner de sa poitrine un poids écrasant.

— Oh ! ne meurs pas ! sanglotaient les petites, que dirons-nous à Viamalah qui nous avait défendu de toucher à la plante maléfique !

Mais le poison agissait mal.

Au bout d'une heure d'égarement Achilgar revint à lui dans un grand frisson de tout le corps. Il chercha et demanda l'aimée.

— Où est-elle ?

— Elle va venir, ne lui dis pas ce que tu as tenté !

— Elle l'ignorait donc ?...

— Certes, elle n'aurait pas voulu, dans la crainte de ce qui arrive... Ah ! si nous avions su !... Mais tu guériras... ce n'est qu'un malaise momentané... Comment te sens-tu ?...

Gloire de la Lune, la plus coupable, tenait dans les siennes les mains brûlantes du malade et l'interrogeait d'un regard anxieux. Il sourit pour les rassurer.

— Je vais mieux, beaucoup mieux...

Parfum céleste et Rayon de Miel s'étaient prosternées, implorant Kama.

« O dieu des fleurs et des fruits, dieu des papillons et des amants, dieu bienfaisant et doux... ô dieu des joies ! »

Leur voix se traînait d'une façon plaintive et caressante, s'enflait ou se faisait plus légère qu'un fil d'araigne.

« Dieu de la lune et des étoiles, dieu des sables mouvants et des monts majestueux !...

« Par les symboles cachés, par l'âme fluidique de la terre, par l'éternel silence et l'éternelle harmonie, par l'adoration de tout ce qui t'entoure, ô Maître des forces occultes du monde, viens à notre aide ! »

Elles se balancèrent mollement, en murmurant encore de vagues incantations, puis se frappèrent le front contre le sol.

Une nuée obscurcissait le ciel, les feuilles tourbillonnantes entraient follement par les fenêtres ouvertes, le vent, dans les arbres, avait des soupirs furieux.

Achilgar, sous le jour verdâtre, parmi le désordre des coussins, paraissait de plus en plus languissant avec des joues creuses, un nez pincé, des lèvres entr'ouvertes par un souffle rauque.

Ne doutant plus, elles se ruèrent sur la couche en poussant des gémissements et des cris. Puis, un crépuscule descendit sur elles, et de toutes les clameurs de l'ouragan, de l'onde et des cieux, elles ne perçurent plus que la plainte indignée de leur cœur.

XI

LA MORT

Achilgar, pourtant, se ranima au retour de l'Aimée. Il voulut sentir sur sa poitrine la rondeur ferme de ses menus seins érigés. Ressuscité pour un moment, il promenait des mains tâtonnantes sur sa chair, toutes ses souffrances évanouies dans le désir passionné qui l'envahissait comme une fièvre dernière.

Il cueillit les fleurs sombres de ses yeux, la corolle animée de sa bouche, et le frémissement angoissé de tout son être.

L'air, maintenant, lui semblait plein

de flocons légers, semences vagabondes, pollens impalpables se dirigeant vers de mystérieux nids de baisers. C'était comme une envolée cotonneuse, un duvet tiède de tourterelle, une poussière micacée, errante dans la lumière.

Le soleil descendait sur une braise de topazes et de rubis, paraissait sortir par une porte de flammes ouverte sur une fournaise sidérale d'une insoutenable splendeur. Des gerbes de clarté bleue jaillissaient de l'incendie magique, s'enlevaient dans un flamboiement d'hyacinthe, d'onyx et de sardoine, tandis que toutes les voix de la nature s'enflaient, éclataient, se déchiraient en un formidable râle d'amour.

C'était l'ivresse, le délire des violons soupirant sur la chanterelle aiguë, dans la fanfare des cuivres sonnant éperdument l'hymne éternel de volupté.

Rien d'étonnant à cela, puisque l'Aimée était présente.

Achilgar expira sur le cœur de Viamalah, et elle ne sut pas comment ce malheur était arrivé.

On alluma des feux verts autour de la couche, où le défunt, beau comme un jeune dieu, dormait dans les roses ardentes, et les pleureuses firent retentir le palais de longs gémissements. Tous les parents et les amis défilèrent, apportant des parfums et des fleurs ; puis, des vierges, drapées de blanc, s'étendirent côte à côte, et Achilgar reposa sur elles, réchauffé par la douceur de leur jeune chair.

Viamalah résolut, selon la coutume du sutty, alors dans toute sa force, de mourir sur le bûcher libérateur, de joindre ses cendres à celles de l'aimé, de réunir, enfin, après la mort, ce qui n'avait pu se mêler, ici-bas, selon la loi d'amour.

Elle s'abstint donc de toute nourriture, ne mâchant qu'un peu de bétel, pour se soutenir. Mais Gloire de la Lune, chaque jour, tressait ses longs cheveux, les trempait dans l'essence de roses de Ghazipour et la frottait entièrement d'onguents et de fards, sans oublier de lui peindre deux étoiles d'or sur les seins et de lui secouer sur les épaules de la poudre de diamants de Karnoul. Elle ne portait plus que des doupettahs de gaze jaune agrafées par des yeux de chat

de Ceylan ; car, malgré sa douleur, elle devait paraître sans défauts pour que le don de sa vie fût jugé plus méritoire.

Avec impatience, se croyant coupable de faiblesse et de trahison, elle attendait le moment de se jeter dans les bras d'Agni, le dieu du feu qui purifie les cœurs infidèles. Elle voulait se laver dans les flammes, comme d'autres se lavent dans les ondes sacrées du Gange pour se libérer de ses fautes. Et, ainsi, son extase expiatrice s'augmentait de ses jeûnes et de ses prières, devenait une sorte de joie mystique, un jaillissement de l'âme vers les splendeurs astrales.

XII

DANS LES FLAMMES

Sous les tentes disséminées le long des rues, des marchandes à colliers d'ambre et de corail vendent des pâtes épilatoires, des boules résineuses de parfums, des voiles arachnéens, brodés d'oiseaux chimériques, des gâteaux en forme de lune et des sirops de fleurs.

Le chemin, pavé de cailloux roses et bleus, conduit à la place du bûcher dont les bois odoriférants se dressent sur un large espace découvert. Sur les angles s'élèvent des vases pleins d'aromates allumés, qu'entretiennent des jeunes filles, couvertes de plaques de verre à clochettes tintinnabulantes. Des entrelacs, des guirlandes de roses donnent à la sinistre plate-forme une apparence de fête.

De toutes parts accourait le peuple pour jouir du spectacle. Des visages curieux se penchaient aux terrasses entre les feuillages accrochés aux balustres, et des enfants, massés sur la place, frappaient des tambourins frénétiquement, annonçant d'une voix grêle le supplice prochain. Au pied du bûcher six yoguis se balançaient, en hurlant des incantations, tandis que les dévédassi de Dourga exécutaient autour une ronde bizarre, se crispaient, s'élançaient comme des fauves, faisaient ondoyer leurs cheveux sombres, tournaient follement et finissaient par tomber, haletantes, baignées de sueur.

Les spectateurs regardaient, attendant le sacrifice avec sérénité. Des jeunes gens s'arrêtaient devant les échoppes, marchandant les étoffes brodées, les coffrets incrustés de nacre et d'ivoire, les cassolettes, les essences qu'ils offriraient tout à l'heure au dieu du feu en l'honneur des illustres victimes ; et des fillettes parcourant les rangs, tendaient leurs petites corbeilles emplies de mangues, de bananes côtelées et de mangoustans de neige rose.

Cependant, Nassudamy, depuis la mort d'Achilgar, n'avait pas quitté le temple, où il s'était anéanti en de profondes adorations. Des mains chaudes et souples l'avaient caressé dans l'ombre, des mains sans corps de vierges mortes en l'honneur de Kali. Ces menottes fuselées, parées encore de chatons précieux, et terminées par le bracelet sacré du lingam-yoni avaient tracé dans les airs des caractères lumineux et prophétiques.

Un doigt d'enfant avait écrit :

— Par Viamalah tu connaîtras tous les bonheurs célestes.

Une paume dorée, se posant sur le mur, y avait laissé son empreinte bienfaisante.

— Retire-toi avec ce que tu possèdes de plus enviable sur la montagne de Mérou, avait écrit un index paré d'un merveilleux rubis.

— Nous t'aimons dans l'Aimée !

— Par elle tu nous connaîtras !

— Et nous mêlerons nos baisers aux siens comme des roses à des roses.

— Nous te visiterons, la nuit !

— Il faut faire quelque chose pour le bonheur des trépassés d'amour !

— ... puisque seul l'amour existe !...

— ... qu'il refleurit dans les âmes astrales !

Les caractères de feu rayonnaient en tous sens, et, de toutes ces mains de mortes fiévreuses, se dégageait une pénétrante odeur de femme.

L'heure de l'épreuve suprême était venue. C'était l'apothéose ou la mort, le règne glorieux des formes occultes ou la chute honteuse dans les ténèbres. Mais, pour rendre les Pitris favorables, il fallait les évoquer avec ferveur durant trois jours et trois nuits, et, aussi, gagner la protection des Brahmes dont le concours était indispensable. Voici d'ailleurs le plan qu'avait arrêté le yogui :

Laisser s'accomplir une partie de la cérémonie funèbre, mettre le feu au bûcher, et, lorsqu'il serait noyé dans les tourbillons de fumée, que l'on épaissirait encore par la lente combustion de certaines herbes, se précipiter dans les flammes, emporter Viamalah au milieu des Brahmes qui se serreraient autour d'elle, la dissimuleraient aux regards. Le lieu du supplice n'était point éloigné du temple, et la réalisation de ce projet, même sans la protection des puissances cachées, n'avait rien de trop aventureux. Les dévédassi, par leur danse effrénée et leurs cris, occuperaient l'attention des spectateurs ; et, s'il fallait de véritables victimes, on en trouverait parmi les pèlerins, toujours heureux d'offrir leur vie pour une cause sainte.

— Mon fils, que veux-tu faire de cette femme ? avait demandé le grand maître du temple.

— Je te l'ai déjà dit. Cette âme nous est acquise et par elle nous accomplirons des miracles.

— Peut-être, si tu sais mettre notre cause au-dessus de ton désir. Elle est jeune et charmante, auras tu la force de te vaincre ?...

Nassudamy avait protesté de son dévouement et juré d'emmener Viamalah dans ses pèlerinages aux lieux les plus vénérés pour prêcher la bonne parole, et se livrer aux mystérieuses pratiques dont il avait le secret.

Sûr de l'appui des Brahmes, il s'accroupit de nouveau dans sa cellule, murmura des mentrams passionnés, et, par la projection intérieure de sa volonté, tomba peu à peu dans un état complet de catalepsie.

Sans doute les Pitris vinrent-ils le visiter et lui donnèrent-ils la force astrale de vaincre tous les obstacles, car il se réveilla plein de confiance, se rendit au pied du bûcher où il voulut lui-même mêler aux herbes des réchauds odoriférants une plante spéciale, recueillie dans une forêt sacrée à 28 milles de Bénarès.

Mais l'heure approchait, et la foule plus houleuse donnait quelques signes d'impatience, car la chaleur était humide et une poussière suffocante s'élevait du sol en âcres et lourdes nuées.

Des pèlerins vendaient, à présent, des moulins à prières, des amulettes taillées dans des pierres de cannelle orangées, dans des pierres de lune ou d'hydrophane qui ne brillent que mouillées et qu'on frotte sur le bout de la langue en prononçant de vagues incantations.

Les grands singes sacrés du temple avaient envahi le bûcher et sautillaient d'une branche à l'autre, en humant voluptueusement l'odeur des cassolettes. Quelques-uns s'étaient grisés d'opium, comme les fakirs, et s'abandonnaient aux caprices des courtisanes qui leur passaient au cou leurs colliers et leurs écharpes.

Quand les sons de la vina et du tal, annonçant le cortège, se firent entendre, des Brahmes, portant au front les signes consacrés à Siva, et, autour du corps, le triple cordon des initiés de la caste des prêtres, se placèrent derrière le bûcher, et Nassudamy, nu jusqu'à la ceinture, avec les cheveux attachés sur le sommet de la tête par une banderolle pourpre, se tint devant eux.

Un déploiement de magnificences, plus grand peut-être que celui des fiançailles et des noces, accompagne le dernier baiser de l'époux à l'épouse. Le jour du sacrifice demeure, dans les annales de la famille, comme la date la plus sainte et la plus glorieuse. La jeune veuve, en expirant sur le corps du défunt, le délivre de toutes les souillures du péché, lui assure d'éternelles joies.

Les lamentations des pleureuses reprennent, interrompues par d'aigus tamtams, de sanglotantes notes de violes et de flûtes. D'autres instruments en métal, sous la percussion des marteaux et des baguettes, carillonnent sans trêve. Des vierges paraissent, lançant des fleurs ; elles sont mêlées aux pleureuses voilées de jaune qui marchent à petits pas et semblent les inquiétantes apparitions d'un monde inconnu, des créatures de douceur ou de maléfice.

Elles entourent le char mortuaire qui domine tous les autres. Tout au bout de l'estrade, tendue de drap d'or, dans l'irradiation de pavois hindous, Achilgar est étendu, le visage découvert. Un soleil de diamants brille sur sa poitrine et un manteau d'azur, semé d'étoiles, descend de ses épaules jusque sur les roues. Son visage est calme ; il semble dormir.

Les Brahmes s'emparent du corps, le déposent sur le bûcher, tandis que les dévédassi, dans leurs simarres violettes, que fixent aux seins et aux hanches des agrafes précieuses, avivent les charbons enflammés, font brûler, avec des gestes sabbatiques, les poudres de myrrhe, de santal rouge et des grains d'encens mâle en agitant des flabelles d'autruche au bout de longs roseaux d'or.

Le cortège se masse sur la place, mais à une assez grande distance des Brahmes qui, très nombreux, maintenant, entourent le bûcher d'une ligne blanche. Devant eux l'espace est libre pour les danses sacrées et les diverses cérémonies qui précèdent le sacrifice.

L'œil s'arrête au hasard sur la somptuosité du décor, cligne, ébloui. Voici, d'abord, les musiciens, habillés d'indigo et de jaune, les chevaux aux jambes peintes, aux lourds colliers de perles. Voici les parents et les amis, montés sur des éléphants dont les chabraques et les haoudahs, indurés d'escarboucles, étincellent. Voici, groupés sur des estrades et des chars décorés de fleurs, tout ce que Bénarès compte de plus aristocratique et de plus élégant.

C'est une cohue extraordinaire, un mélange inouï d'hommes, de chevaux, d'éléphants, de pavois squamés de pierres précieuses, de broderies flamboyantes, une fanfare de couleurs que rien ne saurait rendre.

Mais la foule ondule comme une vague immense, et un cri s'élève :

— La voilà !

Sur le cheval sikhe colossal, au harnachement d'argent et de turquoises, qu'elle montait le jour de ses noces, Vimalah s'avance. Ses favorites, Gloire de la Lune, Rayon de Miel et Parfum céleste tiennent le bord de sa longue robe de gaze bleue, étoilée de saphirs, dont les étincelles grésillent comme une poussière d'astres. Deux lotus de diamants retiennent le fin tissu sur les boutons pâles de ses seins, et elle est couverte d'une telle profusion de bijoux qu'on ne voit guère que sa petite bouche douloureuse, les ailes palpitantes de ses narines et ses longues paupières fumeuses, qui, indolemment baissées, cachent la flamme étrange du regard.

Il la trouva dans une des ruelles tortueuses de la ville, le front sur l'épaule d'Ourvasi et secouée par d'éperdus sanglots. (Page 98.)

A ses côtés marchent, dans un frissonnement de soie, d'amulettes, de gazes, de clochettes, de plumes et de roses, les jeunes filles portant des parfums, dans des vases curieusement travaillés, des guirlandes de tubéreuses et de jasmins qu'elles jetteront dans le feu, comme suprême hommage à leur compagne aimée.

Les spectateurs s'écartent, et le grand cheval sikhe est mené jusqu'au pied du bûcher par les Brahmes qui font descendre Viamalah.

XIII

LES PITRIS INTERVIENNENT

Le maître du temple exhorte la victime à la dignité de la mort, au courage et à la joie du sacrifice.

— Par toi, dit-il, Achilgar connaîtra le bonheur suprême. Tu lui prouves que tu l'aimes assez pour mépriser tous les biens terrestres, et ta fidélité charmera son âme astrale. Qu'aurais-tu fait seule, ici bas ?... La femme ne doit avoir qu'un époux, et son devoir est de mourir pour cet unique amour !

Il dit encore de fort belles choses, avec lenteur et complaisance, car c'était pour lui une occasion rare de se mettre en valeur, étant donné le rang des époux et le choix du public.

Des prêtres de moindre importance tentèrent de faire boire un philtre à Viamalah, de lui faire respirer des herbes narcotiques, mais elle refusa, se sentant assez forte pour braver la souffrance.

Gloire de la Lune, Rayon de Miel et Parfum céleste détachaient ses parures pour les offrir à ses amis. Les étoiles de ses seins, son diadème, ses colliers, ses agrafes, sa fibule d'émeraudes et sa ceinture d'opales passèrent de mains en mains jusqu'à leur destination respective. Quand la jeune femme, dépouillée de ses pierreries, se montra dans la gloire de son adorable nudité, couverte seulement d'une gaze bleuâtre, ce fut une longue clameur d'admiration. Sans être soute nue, elle monta auprès d'Achilgar, se prosterna devant lui, et prit des attitudes lascives, destinées à réveiller ses désirs. Elle fit mouvoir les seins et le ventre en voluptueux frissons, anima ses hanches d'un bercement profond, accusa les fossettes de sa croupe, éleva les bras et se balança tout le corps comme dans le combat d'amour.

Puis, ayant renversé la tête jusqu'audessus d'un réchaud placé derrière elle, elle se releva avec un cri et ses incomparables cheveux flambèrent de la pointe à la racine, rayèrent le ciel d'une gigantesque fusée.

Ce fut le signal des danses. Tandis que Viamalah agenouillée auprès de son époux mettait ses lèvres sur les siennes, les dévédassi s'enlaçaient dans une pantomime effrénée. Elles faisaient tintinnabuler leurs amulettes, mêlaient les pointes dressées et avivées de fard de leurs seins, agitaient les lourds anneaux de leurs chevilles ; une odeur indéfinissable, chaude, tenace, vanillée et poivrée se détachait d'elles et leur peau luisait comme de l'or sous les gazes flottantes.

Elles semblaient ivres d'opium et de datura, riaient et hurlaient, arrachaient leurs derniers voiles dans une impudique frénésie.

— Le feu ! le feu ! crièrent les assistants.

Les Brahmes, en effet, venaient d'allumer la base du bûcher, et les flammes s'élevaient de tous côtés, cachant le suprême baiser d'Achilgar et de Viamalah.

Mais un nouveau cri de stupeur retentit. Les trois petites confidentes, Gloire de la Lune, Rayon de Miel et Parfum céleste avaient, d'un seul élan, bondi dans la fournaise, ne voulant point survivre au maître adoré dont elles avaient involontairement causé la mort.

Ce fut un tumulte indescriptible. Durant quelques minutes on ne vit plus rien. Les Brahmes, cependant, s'étaient réunis derrière le bûcher, et Nassudamy, portant quelque chose dans ses bras, disparut confusément dans leurs rangs pressés.

XIV

LE CHEMIN D'AMOUR ET DE GLOIRE

Viamalah, horriblement brûlée, souffrit pendant de longs jours au fond du

temple, dans la retraite des danseuses
sacrées. Nassudamy, constamment présent, profita de sa convalescence pour
l'initier aux grands mystères des sciences
occultes ; car il voulait, soutenu par elle,
parcourir l'Inde et répandre partout les
bienfaits de son étrange pouvoir.

— Nous irons, disait-il, dans les contrées où les arbres mêlent leurs branches
comme des bras caressants, où le pollen
des fleurs est si épais qu'il forme un
nuage odorant, où les ondes coulent en
ruisseaux d'azur et de feu, où les corolles s'ouvrent comme des parasols de
moire et de velours, et j'étonnerai le
monde par mes miracles !

Elle souriait vaguement, sans force
pour résister. Ce qui lui arrivait était si
étrange qu'elle finissait par croire à sa
mission divine.

Et ils partirent.

D'abord, ce fut un enchantement. Ils
visitèrent les vallées de l'Himalaya, contemplèrent de plus près les glaciers et les
neiges, jetés, comme une chape argentée
d'un éclat féerique, sur l'échine du Kin-
chinjunga. Mais personne n'a foulé ces
sommets terribles de lumière et de mort,
et le voyageur, perdu dans l'espace,
éphémère jouet des tempêtes terrestres,
a devant eux la perception plus nette de
son humilité.

Ils virent des monts arides et des pay-
sages d'une splendeur inouïe. Muets, ils
admiraient l'effort de ce sol tourmenté
crachant du feu, soufflant des trombes,
se cabrant en d'indicibles spasmes. De
quels effrayants germes sont donc issues
ces montagnes prodigieuses aux végéta-
tions de cauchemar ?... Quels déluges,
quels éclats de foudre ont violé le calice
ingénu de la Terre pour y enchâsser ces
monstrueux pistils de glace ou de feu ?...

Nassudamy fit germer des graines dans
la neige, par la seule imposition des
mains. Pour être agréable aux habitants
d'un petit pays, dont il avait eu à se
louer, il magnétisa une troupe ennemie
qui déposa les armes sans avoir com-
battu, et fut adoré comme un dieu. Les
exercices habituels des fakirs ne lui semblaient qu'un jeu. Par les dons prodi-
gieux de Maya (l'illusion), il avait le
pouvoir de s'élever de terre et de se rendre invisible. Les vierges, par lui, connurent les voluptés les plus dangereuses

sans en être déflorées. Imitant Krishna,
il donnait satisfaction à toutes les gopis
qui le priaient d'amour, en multipliant
son corps à l'infini. Les pastourelles,
autour de lui, dansaient le *rasa*, puis,
chacune quittait la ronde et croyait
étreindre le corps souple du fakir qui les
possédait longuement, avec mille inventions délicieuses, se fondait en elles,
comme l'eau se mêle à l'eau. Par cette
communion merveilleuse, le corps des
petites amantes s'adornait des gemmes
les plus rares, et, lorsqu'elles reprenaient
la danse, elles semblaient un collier de
lucioles s'égrenant dans les fleurs.

Toutes chérissaient le yogui, toutes,
brûlantes de désirs toujours renaissants,
lui offraient le miel de leurs lèvres, réclamaient les délices que lui seul savait
donner. Vingt fois, sans se lasser, il
cueillait, en une nuit, les corolles secrètes de leur chair sur le sable du chemin, ou les menait dans une onde caressante pour les faire siennes avec plus de
douceur. Quel que fût leur nombre, chacune pensait le posséder pleinement.
Sous l'eau glauque, les corps réunis en
bouquets ou en grappes, avec leurs
gemmes scintillantes, semblaient les
mystérieuses constellations d'un ciel
inconnu !

Nassudamy était l'amour et l'espoir des
vierges, car ses caresses les plus vives
les laissaient pures physiquement, dignes
de l'époux.

Mais ses plus grandes ardeurs occultes
allaient à Viamalah, à l'élue de son cœur
et de sa pensée. Comme jadis elle sentait
parfois sur ses lèvres la caresse d'une
bouche avide, d'une bouche invisible
dont se révélaient pourtant toutes les sinuosités charnelles. Deux bras l'étrei-
gnaient avec force, et le baiser dont elle
savourait la douceur pénétrait plus profondément, lui enlevant tout sentiment de
la réalité. Et, toujours, au réveil, elle se
trouvait couverte de fleurs sans qu'un pli
de ses voiles eût été dérangé.

Incomparablement beaux et charmants,
ils accomplissaient des prodiges partout
où ils passaient, et la multitude baisait la
trace de leurs pas. Les pluies électriques
qui enivrent les forêts ardentes les faisaient aussi délirer du désir des posses-
sions astrales, et, lorsque les calices fumaient sous le soleil comme de vivants

encensoirs, ils s'endormaient, côte à côte, se possédaient en rêve éperdument.

Durant des années ils parcoururent l'Inde, connurent ses merveilles uniques, ses monts géants, ses fleuves impétueux, bondissant d'un Océan à l'autre, et le mystère de sa flore inépuisable. Ils se limitèrent au Nord par les plus redoutables chaînes de montagnes que le feu intérieur ait jamais fait sortir du sol, comme des monstres menaçants dressés vers les étoiles : les pics de l'Himalaya. A l'Est et à l'Ouest ils s'arrêtèrent aux rives de l'Indus et du Brahmapoutra, et poussèrent, au Sud, jusqu'à l'Océan Indien, qui s'appelle tour à tour la mer d'Oman et le golfe du Bengale. Ils éblouirent et charmèrent l'antique berceau du monde qui est aussi le berceau des mystérieuses sciences, des maléfices et des enchantements. La cosmographie brahmanique nous représente la terre sous la forme d'une corolle de lotus, voguant doucement sur l'Océan. Le pistil — le *lingam* sacré qui darde son désir dans l'azur — est l'Himalaya, le géant du globe, le mont vénéré entre tous. Et c'est dans ses vallées magiques — le calice, ou l'*yoni*, — parmi les beautés d'une nature en délire, que Nassudamy aima la femme éperdument et se multiplia à l'infini pour le mystère d'amour. Puis, il voulut braver la mort elle-même, se fit mettre au cercueil après s'être soumis au sommeil magnétique. Quand on le déterra, quinze jours après, il s'était miraculeusement conservé par la lumière astrale, demeurait dans un état complet de somnambulisme lucide. Ses cheveux exhalaient un doux parfum de verveine, ses lèvres semblaient encore rouges et humides de baisers.

On rapportait sur lui des faits si extraordinaires qu'on venait le voir en pèlerinage, au grand détriment des antiques sacrifices de *Djagganath* qui, jusque-là, avaient fait, chaque année, plus de dix mille victimes. Les dieux malfaisants de la Montagne Bleue ne voyaient plus à leurs pieds couler des ruisseaux de sang, et les chiens sauvages ne venaient plus, jusque dans les temples, dévorer les morts et les agonisants. Un tel état de choses ne pouvait durer.

Les grands-prêtres de Siva et de Parvati s'émurent d'une telle concurrence,

envoyèrent des brahmanes sur le lieu du miracle, afin de détruire le charme.

Pour la douzième fois, Nassudamy se faisait mettre au tombeau, tandis que les gopis, ivres de désirs, pleuraient autour de lui.

Après s'être plongé, pendant une semaine, dans de profonds mentrams, avoir supplié les Pitris de l'assister dans cette épreuve, qui devait être plus longue que les autres, il avait procédé aux préparatifs nécessaires : la macération dans les baumes, l'épilation, l'absorption de certains philtres composés d'extraits de chanvre, d'asclépiade et de datura fastuosa.

Sur le lieu de la cérémonie, on boucha avec de la cire ses narines et ses oreilles, on lui colla les paupières et on lui retourna la langue en arrière.

Viamalah, drapée de la nuque aux talons dans une étoffe de soie jaune, tout unie, assistait à ces préparatifs, impassible et grave. Elle présenta la toile blanche dans laquelle on enroula son ami, et voulut la coudre elle-même à points serrés. Puis, on plaça, ainsi qu'on l'avait fait dans d'autres expériences, le corps souple dans une caisse de bois, cadenassée et scellée, qu'on descendit dans un trou profond.

Les fidèles, un à un, jetèrent dessus de la terre, des fleurs, de l'eau du Gange, des parfums et des pierres des Monts sacrés. Quand la fosse fut comble, Viamalah se coucha sur le sol et demeura ainsi trois jours et trois nuits, en communication constante avec l'amant mystique qui jamais ne fut plus passionné, tandis que les gopis dansaient le *rasa* autour d'elle.

Dans les précédentes épreuves, on avait exhumé le charmeur au bout de quelques semaines. Devant les pèlerins et la foule des curieux on avait ouvert les cadenas, brisé les scellés, découvert le cercueil.

Nassudamy, dans le drap blanc, semblait dormir ; ses traits, empreints de sérénité, conservaient leur beauté souveraine. Viamalah, à genoux sur la terre fraîchement remuée, enlevait la cire qui lui fermait les paupières et les narines, le baisait aux lèvres... Il ouvrait les yeux, tendait les bras, se reprenait à vivre.

Tout, sans doute, se passerait encore de la sorte. La foule curieuse attendait la résurrection, se pressait autour de la fosse où de mystérieux calices de pourpre et d'or avaient fleuri, répandant un indéfinissable et délicieux arome.

Cependant, les brahmes de Djagganath veillaient avec les autres prêtres ; mais ils conservaient un visage sombre et restaient plus longtemps en prières.

Quand arriva le terme de l'épreuve, Viamalah, les mains pleines de roses, se rendit sur la tombe. Depuis plusieurs jours elle avait vainement évoqué l'âme du charmeur. Couchée sur le sol, parmi les fleurs, si vite écloses, qui, tout d'un coup, s'étaient flétries, elle avait longuement attendu l'habituelle extase... Aucun baiser occulte n'était venu magnifier son rêve. Elle était inquiète, fiévreuse, et elle défaillit lorsqu'on déroula enfin le linceul humide.

Les Brahmes, troublés comme elle, se penchaient sur le corps. Nassudamy parut, et ce fut un cri de stupeur dans la foule. Il avait les yeux grands ouverts, tout remplis d'une indicible épouvante, ses membres étaient glacés et deux nagas — serpents de Siva — lui rongeaient la face !

On l'enfouit définitivement sous un figuier des banians, l'arbre incorruptible qui peut ombrager tous les assistants d'une cérémonie sacrée, et forme, à lui seul, une forêt entière. Depuis, d'autres fakirs parcoururent l'Inde, mais aucun ne fut aussi fameux.

On ne sait rien de plus sur Viamalah. Elle reste, dans les annales des prêtresses d'amour, l'amante idéale, la créature d'élection qui, quoique vierge, connut, par la science mystérieuse de Kama, tous les baisers et toutes les étreintes !